オオカ

おかしな家の住人たち

ある日の亮士《りょうし》くんとおかしな家の住人たちの朝

ある朝、犬たちの散歩を終え、さあそろそろ朝食の時間だというとき。亮士くんは雪女《ゆきめ》さんの住む本邸《ほんてい》に向かっていた。

亮士くんが住んでいるのは、叔母《おば》である雪女さんが営む学生アパートというか下宿というか、まあそんな感じのおかし荘《そう》と名づけられた建物にある一室だ。このおかし荘には変なルールがある。雪女さんの飯はたくさんで食ったほうがうまいというポリシーから、ここの住人は皆《みな》で集まってご飯を食べることになっているのだ。そもそもおかし荘は、ほぼ雪女さんの趣味《しゅみ》で営まれていますからね。

というわけで、亮士くんがおかし荘と本邸を繋《つな》ぐ渡《わた》り廊下《ろうか》を歩いていると、めがねっ娘《こ》と遭《そう》遇《ぐう》した。

ファッション性皆無《かいむ》な黒縁《ぶち》めがねをかけた、暗い雰囲気《ふんいき》をまとった猫背《ねこぜ》でうつむきがちな少女、その名も白鳥真昼《しらとりまひる》さん。名前と正反対な、人を寄せつけない雰囲気にちょっとビクビクしつつも、同じアパートの住人としては無視もできないので、亮士くんは挨拶《あいさつ》をする。

「おっおはようっス」

「…………」

が、挨拶《あいさつ》は返ってこない。ただ、完全に無視しているわけではないらしく、ぺこりとお辞儀《じぎ》をして亮士《りょうし》くんの横を通り過ぎる。その姿が見えなくなってから、亮士くんは思わずつぶやいた。

「…………相変わらず変わった娘《こ》だな、なにを考えているのかわからん」

周囲に人がいなくなったとたんに男らしくなっています。こんな変人に白鳥《しらとり》さんも変わってるとか言われたくないでしょうが、たしかにまあ白鳥さんは変わっています。

と、そのときなぜか亮士くんのまとっていた男らしい雰囲気《ふんいき》が霧散《むさん》し、いつものヘタレで小物なものに再び変化した。他人の気配に敏感《びんかん》な亮士くんがこうなるということは、誰《だれ》かが周囲にいるわけで……案《あん》の定《じょう》、亮士くんの背後から、驚《おどろ》かそうとする声が発せられる。

「わっ」

「おはようっス、マチ子さん」

驚かす声に、亮士くんは普通《ふつう》に対応する。気配に敏感な亮士くんは、そ～っと誰かが近づいてくることにすぐ気がつくのだ。なので、これは驚かされるなと心の準備をしていたので、こんな反応になってしまう。

「…………えいっ」

しかし、その普通の反応が気に入らなかったのか、声の主——マチ子さんが亮士くんに後ろから抱《だ》きついた。

「ひー、抱きつかないでくださいっス!!」

「……それでいいのよ」

亮士くんのヘタレな反応に満足そうにうなずきながら、マチ子さんは亮士くんから離《はな》れる。

マチ子さんは朝から元気いっぱいです。マチ子さんは苦学生で早朝から新聞配達をしているので、朝からこのテンションなのです。

「にしても、これがウチだったからよかったものの、変な通《とお》り魔《ま》だったりしたらどうするのよ」

「いえ、これはマチ子さんだなとわかってたんスよね」

「あ、やっぱりウチだってわかってたんだ!!　これは愛っ!?」

「いや……おかし荘《そう》でおれにこんなことしそうなのは、マチ子さんくらいじゃないっスか」

「………………」

その亮士くんの言葉に、心の底から納得《なっとく》してしまったマチ子さんは話を変えた。

「……で、こんなところでなにしてるの？」

「いや、そこで白鳥さんに会ったんスけど、相変わらずなに考えてるんだかわからないなと」

「ふ〜ん、たしかにねぇ。無愛想だし、周囲との接触《せっしょく》を避《さ》けてる節があるわね」

と、そのとき二人の会話に別の声が入り込む。

「まあ、彼女はずっとあんなだね」

「あ、ヘンゼル先輩《せんぱい》にグレーテル先輩、おはようございます」

「おはようございますっス」

現れたのは同じおかし荘《そう》の住人、ブラウンの髪《かみ》をしたなにやら人のよさそうな美少年と、同じくブラウンの髪を一本の三つ編みにして前に垂《た》らした美少女だった。双子《ふたご》で、その名もヘンゼルさんとグレーテルさんという。

「おはよう」

「おはようございます」

「それで、やっぱり白鳥《しらとり》さんは去年もあんな感じだったんスか？」

「うん、あんな感じ。ぼくらはともかく、雪女《ゆきめ》さんはどうにか打ち解けようとしてるみたいだけど、うまくいってないみたいだね」

「そうですね……まあ私はお兄様以外はどうでもいいので知りませんけど……。ねえお兄様っ!!」

「ははは、グレーテル。それにはぼくも心から同意するけど、心の中で思うだけにしておこうよ」

「さすがお兄様はお優《やさ》しい!!」

そんなマイペースにひどいことを言っているヘンゼルさんを、グレーテルさんはきらきらした目で見つめる。朝っぱらから二人の世界を構築し出した二人に、亮士《りょうし》くんとマチ子さんは引きつった笑いを浮かべつつ言った。

「……こっこんな所にたまっていても仕方ないので、早く行きましょうっス」

「うん、ダーリンの言う通りね、早く行きましょう」

まあそんな感じでなんとなく合流した亮士くんとその他三人が雪女さん家《ち》に到着《とうちゃく》すると、今度は微妙《びみょう》に不機嫌《ふきげん》そうな声がかけられた。

「遅《おそ》いぞ」

「すいませんっス」

広めのダイニングルーム。日本語で食堂と呼んだほうがしっくりくるその部屋には、大きなテーブルがあり、すでに朝食が並んでいた。そして、テーブルの一番奥、家長が座るべき場所には、女性……亮士くんの叔母《おば》である雪女さんが堂々と座っていた。

もちろん遅いと文句をつけたのはこの人です。

めがねに理知的な瞳《ひとみ》、長くてさらさらな黒髪と、知的な雰囲気《ふんいき》バリバリなんですが……言動がちょっと、こう、アレです。

「まあまあ、別にそんなに遅れたわけじゃないんだから……」

そんな雪女さんをエプロンを着けた人のよさそうな男性がなだめる。雪女さんの旦那《だんな》の若人《わかと》さんだ。ニコニコ笑顔《えがお》でさわやかなナイスガイの若人さんに、雪女さんは胸を張って言う。

「遅《おく》れが問題なんじゃない。あたしが腹減ってるのが問題なんだ！」

若人《わかと》さんに甘やかされまくってる雪女《ゆきめ》さん、わがまま放題ですね。

「はいはいわかったわかった。なら早く食べようか……じゃ、みんな席に着いて」

というわけで、雪女さん夫妻《ふさい》とおかし荘《そう》の住人のお食事が始まりました。

「いただきます」

「「「「いただきます」」」」

「……いただきます」

雪女さんの合図で食べ始める皆《みな》さん。

雪女さん家《ち》の朝は、パン派かご飯派かと問われれば、雪女さんの気分次第《しだい》という答えが返ってきます。

基本的に若人さんが雪女さんに甘すぎるというかまあそんな感じなので、雪女さんの意向が最優先されるのです。

ちなみに今日の朝はご飯でした。

「あ、ダーリン、お醤油《しょうゆ》取って」

「いや、そのだから、ダーリンというのは……」

「いいじゃない、いいじゃない、涼子《りょうこ》がいないんだし。男なら愛人の一人や二人養える甲斐《かい》性《しょう》を持ちなさいよ」

「愛人じゃ幸せにはなれないと思うっスよ～」

ヘタレな亮士くんに、マチ子さんは幸せを追い求めているようです。

「いやいや、幸せは人それぞれだと思うよ。周囲から見て不幸せでも本人が幸せなら、それは幸せだ。なあグレーテル？」

「その通りです、お兄様っ!!　…………あ、次は私にください」

一線を思いっきり越《こ》えてそうなアブノーマル兄妹《きょうだい》、ヘンゼルさんとグレーテルさんが口を挟《はさ》む。

「はっはっはっ、まあ一度きりの人生だ、好きにすればいい。やりたいことがあるなら、やって後悔《こうかい》しろ。やらずに後悔するより、そのほうが絶対おもしろいからな。……それにしても、朝はやっぱりご飯だよな。日本人はもっと米を食べるべきだ」

「昨日はパン最高と言ってたけどね。……あ、おかわりいるなら言ってね。朝食べないと力が出ないよ」

半分趣味《しゅみ》で子供を預かってる豪快《ごうかい》な雪女さんは、豪快に笑う。そんな微笑《ほほえ》ましい光景を優《やさ》しくみつめる影《かげ》の薄《うす》い若人さん。

「…………ごちそうさまでした」

そして、暗くて他人を拒絶《きょぜつ》しまくってる白鳥《しらとり》さん。

この七名が、現在のおかしな家の住人たちです。

まあこんなにぎやかな食卓《しょくたく》から、雪女《ゆきめ》さんが完全に趣味《しゅみ》でやってるおかし荘《そう》の一日は始まるのです。

おおかみさんみにくいあひるの子の仲直りに協力することになる

日が傾《かたむ》きかけ、そろそろ夕方に片足を突《つ》っ込《こ》むか……といった時間帯に、亮士《りょうし》くんは家に帰ってきた。

今日は当番の日なので、いつもなら御伽《おとぎ》銀行に詰《つ》めている時間帯なのだが、『依頼《いらい》人も来ないし買い物に行くので、今日はもう帰りますの』と、りんごさんが言ったため早めに解散したのだ。

『安売り……』とか『お一人様……』とか話しているおおかみさんとりんごさんに、亮士くんはもちろん、

『付き合いましょうっスか？』

と聞いたのだが……

『素人《しろうと》は足手まといになりますの』

と、戦場に向かうベテラン兵士の目をしたりんごさんに言われたので、ああ、スーパーで特売でもあるんだなと思った亮士くんはおとなしく帰宅したのだ。君子《くんし》危《あや》うきに近寄らずという

やつです。

そんなわけで亮士《りょうし》くんは、早く帰ったし今日は早めに犬たちの散歩に行くか……と思って、雪女《ゆきめ》さん家《ち》の門を開く。すると、庭の隅《すみ》、犬小屋の辺りに人影《ひとかげ》があることに気がついた。愛犬たちの隣《となり》にしゃがみ込み、頭をなでていたのは見覚えのある一人の少女だった。白鳥真昼《しらとりまひる》さん
――名前の華《はな》やかさとは正反対の、暗い女の子です。

今まで犬たちにまったく興味を示してなかったことを知っている亮士くんは、珍《めずら》しいものを見たと思いながら白鳥さんに話しかけた。

「どうもっス」

いきなり声をかけられた白鳥さんはびっくりしたのかビクッとなったあと、亮士くんに顔を向けた。

「いや、いつの間に仲良くなったんスか？」

「……勝手に触《さわ》って……ごめんなさい」

「あーいいっスよ。嫌《いや》がってないみたいなんで……でもいつからなんスか？　興味ないか、犬が嫌《きら》いなんだと思ってたんスけど」

「この前……若人《わかと》さんにご飯を持っていってくれと頼《たの》まれて……そのときにじゃれてきて……この子たちが女の子だったので……それから……」

「そうっスか。まあ、こいつらも仲良くできてうれしいみたいなんで、時々かまってやってく

ださいっス」

そう言う亮士くんに小さく「はい」と答えたあと、白鳥さんはぺこりと頭を下げて自分の部屋に戻《もど》っていく。

亮士くんはそんな白鳥さんを見送りながらつぶやいた。

「…………………………………ん？　女の子？」

まあ、普《ふ》通《つう》の夕方の光景というか、これから白鳥真昼さんのお話はっじまっるよ〜という前《まえ》振《ふ》りでした。


そんな前振りからしばらく経《た》ったある日の放課後。おおかみさんとりんごさんと一《いっ》緒《しょ》に、御《お》伽《とぎ》銀行地下本店で茶とかしばいていた亮士くん。

だが……なぜか亮士くんの様子がおかしい。

「ねえ森《もり》野《の》君……」

「なんっスか？」

そわそわし、微《び》妙《みょう》に挙動不《ふ》審《しん》風味な亮士くんに、優《ゆう》雅《が》にお茶をすすっていたりんごさんが聞く。

「なんというか……ここ数日おかしいですのよね。というか、日に日におかしくなってるというか、涼《りょう》子《こ》ちゃんを見る視線に熱が入っているというか……」

そこで、りんごさんはおおかみさんのほうをちらりと見る。おおかみさんはソファにふんぞり返り、壁《かべ》にかかった液晶《えきしょう》テレビを見ているが……亮士《りょうし》くんの熱い視線にさらされてるからか、どうも内容は頭の中に入っていないようだ。

「たとえるなら……男の子の目してますの。しかもダメなほうの男の子の目」

ダメじゃないほうの男の子の目は、シリアスなシーンで見せるかっこよくて凛々《りり》しい目のことでしょうから、ダメなほうの目というのはエッチな目のことでしょう。

「そそそそんなことないっスよ!!」

そう否定しつつも、亮士くんは盛大に目を泳がせる。

「…………」

「…………」

りんごさんはちょっと無言で亮士くんを観察したあと、

「…………ちらっ」

唐突《とうとつ》におおかみさんの長いスカートを引っ張った。

「きゃ〜〜〜〜〜〜〜〜〜〜〜〜〜〜!!」

おおかみさんのきれいなおみあしが見えました。素敵《すてき》な布地もちょっとだけ見えました。

「ぶっ」

そして亮士くんが鼻血を噴《ふ》き出しました。

「ななななにしやがる!!」

立ち上がり、おおかみさんはスカートを押さえる。そんなおおかみさんを無視してりんごさんは感心する。

「うっわー、リアルで鼻血出すとは……たまってるんですの？」

「だっだから、そんなことないっス……」

ティッシュで鼻を押さえながら言っても説得力皆無《かいむ》ですけどね。

「それとも、涼子《りょうこ》ちゃんが魅力《みりょく》的すぎたからですの？　涼子ちゃんはそこのところどう思いますの？」

「しっ知るか!!」

おおかみさんは真っ赤な顔で叫《さけ》ぶ。

「あと、ものすごいかわいい悲鳴が聞こえた気がしましたけど……」

「うっうるせー!!　幻聴《げんちょう》だっ!!」

「はいはい、わかりましたのよ〜」

「おっお前、なんだそのなげやりな……」

相変わらずりんごさんに遊ばれているおおかみさん。

りんごさん的にはもう少しいじり倒《たお》したいところですが、それよりももっといじりたい……じゃなくて気になる相手がいました。

もちろん亮士《りょうし》くんです。

「まあそれはともかく森野《もりの》君、すたんどあっぷぷりーずですの」

「ちょっ勘弁《かんべん》してくださいっス、マジ勘弁してくださいっス!!」

りんごさんに立てと言われはしましたが、亮士くんは諸事情により立てません。まあ、ほかの場所は立ってるんですけどね、はっはっは……いやマジすいません。

ともかく絶体絶命大ピンチの亮士くん。

「後生《ごしょう》っスから……ほかのことならなんだってするっスから……」

……そこまで下手に出るくらいですか。

いやでも、おおかみさんの前ですからね。

おおかみさんは、こういう話には疎《うと》くてよくわかってない感じなんで、余計に知られたくないですよね。

「お願いっスから……」

そしてそんな主人公的にあり得ない言動をしている亮士くんを、りんごさんはもんのすごい笑顔《えがお》で見下ろしている。鬼《おに》ですね、Sすぎますね、どれだけあなた腹黒いんですか。毒りんごすぎですよ、あなた。

と、そのとき、哀《あわ》れな哀れな亮士くんに救いの手がさしのべられる。

『あー森野君？　ちょっと来てくれるかな？　あと、ついでに大神《おおかみ》君と赤井《あかい》君も？』

スピーカーから流れてきたのは、頭取《とうどり》さんからの呼び出しだった。

おおかみさんとりんごさんが、その呼び出しに注意を引かれている間に、亮士《りょうし》くんは中腰《ちゅうごし》でマッハで走って出ていく。その様子に擬音《ぎおん》をつけるなら、タタタタッでもなく、ダダッでもババババッでもなく、カサカサッですね。今までにない、あの黒いやつを彷彿《ほうふつ》とさせる速さでした。やはり中腰で空気抵抗《ていこう》が小さかったのが効きましたね。

「ん～お元気ですのね」

りんごさん、それはいったいどこのこと……いやまあいいです。下ネタが続きましたからね、話を先に進めましょう。

というわけで、そんなお色気コメディシーンのあと、三人が上の御伽《おとぎ》銀行地上支店に上がってみると、そこにいたのは頭取さんにアリスさん、そして依頼人《いらい》らしき少女だった。今回の依頼人はお世辞《せじ》にも美人とはいえないが、さりとて特に不細工というわけでもない。まあ、普通《ふつう》とか評されるであろう少女だった。その普通の少女の制服はお嬢様《じょうさま》学校として名高いアンデルセン女学院のもので、どうやら依頼をしにわざわざ御伽学園までやって来たらしいことが見てとれる。

依頼人の少女は現れた亮士くんたちにぺこりと頭を下げ、亮士くんたちもぺこりと頭を下げた。ちなみに、亮士くんの姿勢は一応普通に戻《もど》ってます。…………鼻にティッシュ詰《つ》まってますけど。

「あー、それで、なんで森野《もりの》君を呼んだかだけど……」

さあこれで必要な人間が揃《そろ》ったぞと、頭取さんは説明を始める。亮士くんのティッシュはスルーしました。武士の情けでしょうかね。どうせしょうもない理由に違《ちが》いないですし、実際しようもない理由ですし。

「この依頼は君たちにしてもらったほうがいいと思ってね？　彼女が依頼人の阿比留《あびる》君で、見ての通りアンデルセン女学院の一年生だよ？」

「あの……阿比留奈美子《なみこ》です」

「森野亮士っス。でもって……」

自己紹介《しょうかい》したあと、亮士くんはちらりとおおかみさんとりんごさんを見る。

「赤井林檎《あかいりんご》ですの」

「……大神涼子《おおかみりょうこ》だ」

にこやかよそ行き笑顔《えがお》のりんごさんと、いつも通りの目つきと人当たりの悪いヤンキーおおかみさん。

相変わらずおおかみさんの初対面の印象は悪そうです。

一通りの挨拶《あいさつ》がすんだのを見た頭取さんは話を続ける。

「それで、なんで彼らを呼んだかだけど、彼は白鳥《しらとり》君と一つ屋根の下に住んでるんだよね？」

「一つ屋根の下………同棲《どうせい》!!　真昼《まひる》の彼氏っ!?」

思わず声を上げた阿比留《あびる》さんに、亮士《りょうし》くんは大きな声で否定する。

「ちがうッス！」

「ちがうっ!!」

……今なぜか声が二重に聞こえましたね。どうやら否定したのは亮士くんだけではなかったみたいですね。

「…………」

「…………」

それは別にこだまなどではなく、亮士くんと同時に否定の声を上げた人がいたわけです。

……………………まあ、おおかみさんなのですが。

皆《みな》の注目を受け、おおかみさんは真っ赤になる。

にや……りんごさんがものすごくにやにやしてます。一行埋《う》める勢いでにやにやしています。実は一カ所だけ『ににや』が混じってますが、皆さん気がつきましたか？　ちなみに意味はありません。

「……なんだよ」

「い～え～、なんでもありませんの～」

おおかみさんにそう答えつつも、りんごさんの笑顔《えがお》が輝《かがや》いてます。楽しくて仕方ないんでしようね。

　そして、阿比留さんのおおかみさんへの印象が、怖《こわ》い人から怖そうに見えるけれども実はかわいい人にクラスチェンジしました。

「ごらんの通り、森野《もりの》君と白鳥《しらとり》君が付き合っているということではなくて……」

「なにがごらんの通りなんだよ!!」

　おおかみさんが、そんなことを叫《さけ》ぶが、もちろん皆さんスルー。

「彼女の今住んでる下宿に、森野君も住んでいるわけだね？」

「なるほど……」

「というわけで、彼らのほうがこの依頼《いらい》に向いてると思うから、手間かけさせてすまないけど、もう一度依頼内容を説明してくれるかな？」

　その頭取《とうどり》さんの言葉に、阿比留さんは縋《すが》るような、真剣《しんけん》な瞳《ひとみ》でおおかみさんたち三人をそれぞれ見たあと、深々と頭を下げて言った。

「真昼《まひる》を……真昼を助けてあげてください」

「助けて……ねぇ」

　阿比留さんが帰ったのを見届けたあと、おおかみさんがつぶやいた。

　阿比留さんの言い分は要約するとこんな感じだ。

私が好きだった人が真昼《まひる》のことを好きで、そのことで真昼はなにも悪くないのに私が八つ当たりして傷つけてしまった。しかも、そのせいで真昼は引っ越《こ》すことになり、この街に来てから真昼は友達を一人も作らず、ずっと一人でいるらしい。

だから、真昼をあそこまで傷つけた私が言うことじゃないかもしれないけど、真昼に前みたいに笑って欲しい。そのためなら私はなんでもするから、どうか力を貸してください。

そして、それを聞いたあと、りんごさんは即断《そくだん》を避《さ》けて、少し検討《けんとう》する時間をくださいの〜と阿比留《あびる》さんには帰ってもらい、『助けて……ねぇ』というおおかみさんの言葉に繋《つな》がってるのだ。

「……たしかに話を聞いた分では阿比留さんが悪いんですけど……」

「それだけでもない気がするっスね」

「わざわざ違《ちが》う学校の怪《あや》しい組織に頼《たの》みに来るくらいだからな」

おおかみさんたちの所属する御伽《おとぎ》学園学生相互扶助《そうごふじょ》協会、通称《つうしょう》御伽銀行は助け合いの名の下《もと》に生徒たちを無理矢理本人の都合を無視し助け合わせるという組織なので、悪名高いというか、なんというか。本当に困ったときは助けを借りに行くが、そうでないならできるだけ関《かか》わりたくないというのが、御伽銀行のことを知っている人たちが共通して思うことなのだ。

助けてもらう代わりに、誰《だれ》かを助けることになりますからね。

まあ、困った誰かを助けるんだからあまり問題ないんじゃないかと思う人も多いかもしれませんが、自分の都合を完全無視で強制的に労力を徴収《ちょうしゅう》されるということを知れば、だいたいの人が二の足を踏《ふ》むに違いありません。

これまでの被害者《ひがい》……じゃなかった、協力者の例を挙げると、隣《となり》の部屋を監視《かんし》するからしばらく出てろと自分の部屋から追い出されたり、日曜の朝にいきなり拉致《らち》され学校で写真の現像をさせられたり、などがありました。この貸しは卒業しても消えることはなく、弁護士になった元生徒が呼び出されたりなんてこともありました。

「阿比留さんを見た感じだと、そう簡単に八つ当たりなんてしそうもない人でしたっスし。あそこまで誰かのために必死になれる人が、あの理由で八つ当たりするとは思えないっスよね」

「まあ、たしかに悪いやつじゃなさそうだ。真剣《しんけん》な目をしてたしな……思い詰《つ》めてるみたいだったしよ」

「ですのよね……これは阿比留さん側《がわ》からだけじゃなく、白鳥《しらとり》さん側からと、客観的な視点からの話も聞きたいところですの」

「白鳥さん本人に聞く……というわけにはいかないっスよね」

「受けるかどうか決めてねーからな」

「それに、なにか深い事情がありそうですし……だって、今の白鳥さんに告白しようという人はそうそういないと思いますの。ということは昔は今の白鳥さんとは全然違ったってことで……ということはキャラが激変するようななにかが白鳥さんに起こったってことですのよ？」

「……だよなぁ」

そう考えるとわけありっぽいので、そう簡単には触《ふ》れられませんよね。

「しかも白鳥《しらとり》さんってば交友関係狭《せま》いどころか皆無《かいむ》ですし、中学校の頃《ころ》こっちに引っ越《こ》してきたので昔なじみはいなくて昔のこと聞けないしで、全然情報がないんですのよ」

りんごさんがノートパソコンを覗《のぞ》き込んでいるが、すごい情報量を誇《ほこ》る御伽《おとぎ》銀行データーベースの中にも白鳥さんの情報は基本的なことしか載《の》ってないようだ。

「わかることといったら成績とか身体計測の結果とか家族関係くらいですのよ。しかも両親がいなくて叔母《おば》に育てられてたとか。ちなみに先ほどの阿比留《あびる》さんのお母さんが叔母さんらしいので、阿比留さんはいとこということになりますのね」

「…………むちゃくちゃわけありっぽいな」

「そうなると………雪女《ゆきめ》さんに聞いてみるっスか？」

「なるほど。雪女さんならなにか知ってそうだよな」

「じゃあ、とりあえず聞いてみましょうですの」

というわけでやって来たのは、雪女さん家《ち》だった。

雪女さんは家に併設《へいせつ》するように建てられたアパートを格安で貸していますが、そこには変わったルールがあります。それは食事は雪女さん家で皆《みな》でとるということ。このルールがあるので、雪女さんが夫婦で営んでいるおかし荘《そう》は、賃貸アパートというよりかは下宿というのがしっくりくるのです。

「ただいまっス」

亮士《りょうし》くんは勝手知ったる～という感じでずかずか上がる。

「おかえり～」

なんて声をかける雪女さんの旦那《だんな》である若人《わかと》さんに挨拶《あいさつ》を返しつつ階段を上り、二階の雪女さんの仕事部屋のドアをノックする。

「雪女さ～ん、雪女さ～ん。すいませんっスけど、ちょっと聞きたいことがあるんス。なので少し時間をいただけないっスか？」

「聞きたいこと？　……わかった、ちょっと待ってろ。もう少しで仕事が一段落するから……」

ちなみに雪女さんは小説家で、少女小説なんか書いてます。内容は、おおかみさんがはまるほど激甘《げきあま》らしいです。おおかみさんはあんなにヤンキーぽくて、乱暴者の狼《おおかみ》の毛皮かぶってるくせに、少女小説が大好きなんですよ。

しばらくして出てきたのは禁煙《きんえん》パイプをくわえた雪女さん。仕事が忙《いそが》しいのか、相変わらず髪《かみ》の毛ぼさぼさだし、服装だらしないしと、とても残念なことになってます。でも……なぜかお肌《はだ》がつやつやです。生気がみなぎってます。

そんな雪女さんを見て、りんごさんは聞いた。

「……あれ、雪女《ゆきめ》さんたばこやめたんですの？」

「ああ、そろそろガキ作ろうと思ってな」

……なんだかさらっと重大発言が出ました。

「そうなんですの…………こういう場合ってなんて言えばいいんですの？　おめでとうはまだ早いし……がんばってください？」

「……なんだそりゃ」

そうつっこみつつ、おおかみさんは赤くなる。

まあ、たしかにがんばってくださいは、合ってはいるんでしょうが、すごく生々しいのでもうちょっとほかの言葉を探したほうがよさそうです。

「まあ、がんばるのは若人《わかと》なんだがな」

雪女さんはそう言ってはっはっはっと笑う。思春期真っただ中の少年少女の前で、そのおっさんすぎる下ネタは、どうかと思います。

それとりんごさん、あなたもあなたでどうかと思いますよ？

「うふふふふ」

なんであなたそんなに楽しそうに笑ってるんですか。おおかみさんとか亮士《りょうし》くんみたいに、思春期らしく頰《ほほ》を染めたりしましょうよ。下ネタがツボにはまるとか、サブヒロイン失格すぎますよ。

「でも、これで森野《もりの》君の様子がおかしかった理由がわかりましたの。最近のご飯は精のつくものが多かったりするんじゃないですの？」

「おう、よくわかったな。連日子作りしてるとさすがに弾《たま》が減ってくるからな」

ここでいう弾は命の弾丸《だんがん》のことでしょうね。つーか、なんかさっきから下ネタ多すぎますよね。すいません。

「コスプレやら、エロ下着やらで元気にさせても、出るもんなけりゃ意味ないしな」

……だからさん、オオカミさんシリーズは中高生向けなんですって。いや今更《いまさら》なのかもしれませんが。

まあそれはともかく、弾丸を少しでも多く生産するために、若人さんは精のつく料理を連日作り、亮士くんがそれの巻《ま》き添《ぞ》えを食って精力をもてあます感じになってたんですね。

先ほど書いたように雪女さん家《ち》のおかし荘《そう》のルールに、皆《みな》でご飯を食べるというのがあります。なので若人さんが精のつくものを食べたというなら、亮士くんも食べたということなんですよ。

「なんか森野君の涼子《りょうこ》ちゃんを見る目が、色々すごいことになってたんですのよね」

「ああ、なるほど。そりゃそうだな、若いしな。だがまあ、あと数日我慢《がまん》しろ。あたしの生理周期から逆算すると、昨日今日あたりが排卵《はいらん》日なんだよ」

妊娠《にんしん》しやすいのは排卵日の前後何日からしいですよ。そんでもって排卵日は生理周期が一定なら次回の生理予定日から逆算すればわかるらしいですよって、まさかオオカミさんシリーズで排卵日《はいらん》とか生理周期とか書くとは夢にも思いませんでした。

……ていうか話それまくりですよ。

というわけで、頬《ほほ》を染め居心地《いごこち》の悪そうにしているおおかみさんが、これまた居心地の悪そうな亮士《りようし》くんをつつき、亮士くんは強引に話の軌道《きどう》を修正した。

「えっとその、話に入っていいっスか？……お願いっスから」

お願いが入りました。まあ、男の子にはきつい話ですよね。

「おお。……で、なにが聞きたいんだ？」

そしてようやく、亮士くんはかくかくしかじかと阿比留《あびる》さんからの依頼《いらい》について話す。

すべてを聞いたあと、

「真昼《まひる》についてか……」

とつぶやいた雪女《ゆきめ》さんは考え込むように上を向き、ピコピコと禁煙《きんえん》パイプを動かしたあと、おおかみさんとりんごさんを見た。

「そうだな……涼子《りようこ》はなかなかかわいい顔をしてる。目つきと愛想が悪いのが玉に瑕《きず》だが。りんごもかわいい顔してるな。もうちょっと育って、毒さえ吐《は》かなきゃさらにいい感じなんだが」

雪女さんは急に二人の容姿について批評を始める。

たしかにおおかみさんは本は悪くないんですが、目つきが悪くてそれだけでかなり損してるんですよね。スケバンっぽい服装や口調も、常識的に考えればマイナスポイント。鍛《きた》えているので引き締《し》まってて、どことは言いませんが薄《うす》くて、うっすら腹筋も浮いてたりしてるのも人を選ぶポイントでしょう。おおかみさんの体脂肪《しぼう》率は、女の子にしてはすごく低そうですしね。それに人を寄せつけない一匹狼《いっぴきおおかみ》的雰囲気《ふんいき》も合わせれば大幅《おおはば》に点数がマイナスされますよ。まあ最近はだいぶん丸くなったと評判ですけど。

　りんごさんはすごくかわいいんですが……小さすぎです。一部の人種にはもてそうなんですが、ノーマルな人には敬遠されそうです。りんごさんと付き合うと、その時点でロリコン疑惑《ぎわく》が発生しそうですからね、これは減点対象でしょう。一部の人なら大幅加点されそうですが。

　そうですね、単純に容姿だけで比べるならば、りんごさんは女の子たちの中でもトップグループ、それに怖《こわ》そうな雰囲気で損をしているおおかみさんが少し離《はな》れて続くという感じでしょうか。

　もちろんこれは人の好みなども無視してます。

　ほら、亮士くんとかは野生な感じが大好きなので、おおかみさんの引き締まったスタイルが逆にプラスになったりしますしね。スラッと伸びた長い脚《あし》も大好物ですし。

　それに、外見だけじゃおおかみさんの魅力《みりょく》は量れませんよ。魅力というのは内面と外面の総合した点数で決まるものですからね。

　特に、外面と内面にギャップがある場合の魅力はかけ算するかのように倍増するので、おおかみさんの総合得点はすごいことになるんですが……それはここでは置いておきます。

「まあ二人とも、十分美少女と呼べるレベルだな」

「それは」

「どうもですの」

急に褒《ほ》められ、おおかみさんとりんごさんは照れつつもお礼を言う。

が、そこまでは前振《まえふ》り。

「だがな、真昼《まひる》は次元が違《ちが》う。国民的美少女コンテストやら、どこぞのスカウトキャラバンやらに出れば、大人の事情なんて関係なくトップを争うだろうし、人気アイドルやモデル、女優と比べてさえ引けをとらないどころか、下手な芸能人なら裸足《はだし》で逃《に》げ出すな。あたしもまあ、見てくれにはそこそこに自信があったんだが……真昼の素顔《すがお》を見た瞬間《しゅんかん》、負けたと思った。あれほど完膚《かんぷ》なきまでに負けたら逆にすがすがしいな」

「すがすがしい……本当に完全敗北したと感じちゃったんですのね」

百メートル走のオリンピックの金メダリストと走って大差で負けても、別に悔《くや》しいとは思わないようなものでしょう。負けて当然なんですから。

「しかも顔だけじゃない。裸《はだか》の付き合いだと言って風呂《ふろ》に連れ込んで身体《からだ》も見たんだが、身体のほうもすごかったわ。涼子《りょうこ》の目つきやら、りんごの小ささとか、薄《うす》さとか、まあだいたいの人間にはここがもう少しこうなってたら～というのがある。人間だし、完璧《かんぺき》なほうがおかしい。なにより、そういう部分があばたもえくぼということで、個人の嗜好《しこう》に繋《つな》がってくるわけだが……」

そうなんですよ。おおかみさんもりんごさんもナイチチですが、それにも一定の需要《じゅよう》が……って、大事な話をしてるんだから、おおかみさんもりんごさんも、なにもない天井《てんじょう》を睨《にら》むのやめましょうよ。あなたたちは見えないものが見えるキャラじゃないでしょ？

「でも、真昼にはそれがなかった。顔だけじゃない、身体もだ。胸腰脚肌色《こしあしはだいろ》すべてのバランスにおいて非の打ち所がない。ギャルゲーに出てくる完全無欠な学園のアイドルといった感じのメインヒロインがこの世に存在するなら、あんな感じなんだろうな」

「そっそこまで……」

あまりの絶賛っぷりにりんごさんは衝撃《しょうげき》を受けている。

「忠告しとくが、あいつと容姿で張り合わないほうがいいぞ。ただ打ちのめされるだけだ。この世の女の99・999％は、あいつと並べば引き立て役に成り下がる」

「それはまた……実にお友達になりたくないタイプですのね」

自分の容姿に、それなりの自信を持っているナルシストりんごさんですから、余計に並びたくないですよね。

「競《きそ》うなら総合力にしとけ。総合力を見ない馬鹿《ばか》はほっときゃいい」

まあ、外見ですべてを判断するような男と一緒《いっしょ》になっても、幸せになれそうにはないですしね。

「で、そんなに美人なのに、なんであいつはあんな格好でひたすら自分の容姿を隠《かく》しているかだが……」

さあ本題と、雪女《ゆきめ》さんが声のトーンを落とした。

「真昼《まひる》の本当の両親は真昼が小さい頃《ころ》に亡《な》くなっていてな、真昼は父親の妹、叔母《おば》に引き取られ育てられた。叔母夫婦《ふうふ》には真昼と同い歳《どし》の一人娘《むすめ》がいてな、だが叔母夫婦は分け隔《へだ》てなく愛情を注ぎ、その娘と真昼も本当の姉妹のように仲良く暮らしていた。だがな、成長するにつれて明確な違《ちが》いが出てきた。………というのも、真昼は白鳥《はくちょう》だったんだよ」

「白鳥……美人だったということっスか」

「そう、真昼はすごい美人だった。いとこのほうだって別にそれほど容姿が悪かったわけじゃないらしいんだが……って、お前ら会ったんじゃなかったか？」

雪女さんが亮士《りょうし》くんに視線をやり、亮士くんが答えた。

「会ったっス」

「どうだった？」

「いやまあ、なんというか………普通《ふつう》だったっス」

他人の容姿に関することなので、言いづらそうに言う亮士くんですが、たしかに普通でした。

松竹梅《しょうちくばい》でいうなら竹でした。偏差値《へんさち》でいうなら50で、上中下なら中でした。

阿比留《あびる》さんも、普通ど真ん中な亮士くんに言われたくはないかもしれませんが。

まあ、亮士くんは目立たないためにわざと普通になろうとしているんで、と一応フォローしときましょうか。主人公補正とかもありますし。

「そうか、普通だったか……まあ、そういうわけだ。真昼のほうが美人すぎたんだな。同じことをやっても真昼のほうが褒《ほ》められるし、ちやほやされる。色々な場所で比較《ひかく》されたんだろうな。もちろんそれは真昼のせいじゃない。だが、責める相手が真昼しかいない。でもな、そのいとこもその思いを表に出すことはなく、真昼と仲良くしていたんだ。いい子だったんだろうな。でも、その押さえ込んでいた思いが爆発《ばくはつ》する日がきた。いとこには好きな男がいたんだよ。真昼と比較せず普通に接してくれた男がな。真昼と一緒《いっしょ》にいとことも仲良くして、そんな男に真昼のほうも心を許して、ほかの男も加えた何人かで遊ぶようになったらしい。楽しかったんだろうな、いとこはどんどん相手に惹《ひ》かれていき、二人は親密な関係になっていったらしい……だがある日、その男がいとこに言ったんだ。…………真昼が好きだから協力してくれとな」

「それは……最悪だ」

おおかみさんは顔をしかめる。

「最初から真昼目当てで、いとこと仲良くしていたんだな。将《しょう》を射んと欲すれば〜というやつだ。まあ、真昼を落とそうというなら方法的に間違ってはいない。真昼といとこは親友同士だったんだから、いとこのほうを邪険《じゃけん》に扱《あつか》うようなやつを、真昼が好きになるわけはない。が、詰《つ》めが甘かったな。若さゆえの衝動《しょうどう》に負けたのか、競争相手が多くて焦《じ》れたのかは知らんが、そこで協力頼《たの》んだら利用してましたと言ったのと同じだろうに。今まで親しげに振《ふ》る舞《ま》っていたのが、すべていとこを踏《ふ》み台《だい》にするためだったと、わざわざ説明してどうする。

でまあ、それが引き金となって、いとこは爆発《ばくはつ》した。泣きながら感情を真昼《まひる》にぶつけ、しかし真昼にはどうしようもないことだからな。自分が原因で、大切な相手が傷ついてることを知った真昼はショックだっただろうな。

そんなことがあり、二人ともが壊《こわ》れそうになったことを知った真昼の叔母《おば》は、このままではまずいと二人を引き離《はな》すことに決め、結果真昼をうちに預けることになった。それがあいつが中三のときだ。

そして、それ以来、真昼は頑《かたく》なに自分の容姿を隠《かく》そうとしてるわけだ。真昼にとっちゃ自分の容姿は、大好きないとこを傷つけ、いとこと自分を引き離した邪魔《じゃま》物でしかないし、なにより大嫌《だいきら》いな男を呼び寄せる。女の友人を作らない理由は、いとこを傷つけた自分が幸せになるわけにはいかないプラス、またその友人をダシにして自分に近寄ってくる男がいるかもしれないからといったところか」

雪女《ゆきめ》さんは息を吐《は》き、まとめるように言った。

「童話の醜《みにく》いあひるの子では、白鳥《はくちょう》は空を飛ぶことができた。でも、真昼には翼《つばさ》がなくて飛んでいくことができなかった……子供だからな。故《ゆえ》に真昼と真昼のいとこはその狭《せま》い世界で傷つけ合うことになり、ハッピーエンドにはならなかったというわけだ」

すべてを聞き終え、重い空気を振《ふ》り払《はら》うかのように、りんごさんがふうとため息をついた。

「ということは……最終的には白鳥とあひるは仲良く暮らしましたというのが、二人にとってのハッピーエンドですのよね」

「まあ、たしかに二人を引き離したのは、あの場合はベターだったと思うが、頭の冷えた今となっちゃあ、二人をがんじがらめに縛《しば》る鎖《くさり》でしかなくなってるからな」

「なら阿比留《あびる》さんの依頼《いらい》を受けるとなると、白鳥《しらとり》さんをどうこうというよりも、白鳥さんと阿比留さんを仲直りさせるという感じになるんっスか？」

「だな。阿比留のほうも色々思い詰《つ》めてたし、あっちのほうもどうにかしねーとハッピーエンドにはなりそうもねー」

そうやって意見を交《か》わす三人に雪女さんは言う。

「あたしとしては受けてくれるとうれしいな、あいつはいい子だ。あんまり人と関《かか》わろうとはしないが、それでも一緒《いっしょ》に暮らしてたらわかることもある。どうにかしようと思ったがあたしと若人《わかと》だけじゃ無理だった。……できることなら協力するから是非《ぜひ》とも受けてくれ」

その真面目《まじめ》な雪女さんの表情と言葉に、三人は顔を見合わせてうなずいた。

「雪女さんにそう言われちゃ」

「受けるしかないですのよ」

「そうっスね」

この三人は普段《ふだん》から、雪女さんのお世話になってますからね。

「でもどうしたらいいでしょうですの。なんかすごく根が深そうですし」

「そうだな……まずは、あんな男だけじゃないということだけでもわからせとくべきだな。あれ以来、真昼《まひる》のやつは筋金入りの男嫌《ぎら》いになってるみたいだし、その男嫌いがあの格好の原因の一つなんだから、それをどうにかしないと始まらない」

雪女《ゆきめ》さんのその言葉に、それはもっともだとうなずくおおかみさんたち三人。

「たしかに雪女さんの言う通りですの」

「阿比留《あびる》は昔とは違《ちが》いすぎる白鳥《しらとり》を見て、ショックを受けてうちに来たんだろうからな」

「雪女さんの言う通りなら相当な美人ってことっスからね。今と比べたら落差激しすぎっスよ」

今の白鳥さんはすごいですからね。髪《かみ》の毛気にしてなくてぼさぼさで、ごっついめがねで顔が隠《かく》れてて、姿勢悪くてうつむきがちでと、白鳥《はくちょう》の片鱗《へんりん》がまったくありません。

「ん～～～じゃあ、一途《いちず》一直線で好きな子以外はアウトオブ眼中な男がいることを見せましょうですの。そんな人をたった一人見せるだけで、すべての男がダメだというのを否定できますし」

すべての男がダメだというのを証明するためには、すべての男を調べてみないといけませんが、すべての男がダメなわけじゃないのを証明するためには、一人でもダメじゃない男を見つけるだけでいいですからね。

「そうだな、いきなり完治とはいかないだろうからな、千里の道も一歩からというし。……で、いったい誰《だれ》を見せるんだ？」

　おおかみさんのその疑問を聞いた瞬間《しゅんかん》、雪女さんとりんごさんの視線が亮士《りょうし》くんに集まる。

「……おい亮士、お前、世界一の美少女と涼子《りょうこ》に同時に求婚されたとして、どっちを選ぶ？」

「もちろん涼子さんっス!!」

「なっ!?」

　間髪《かんはつ》入れず即答《そくとう》した亮士くんに、おおかみさんは思わず声を上げる。

「おれにとっては涼子さんが一番っス!!　花丸二重丸っス!!　百点満点中一億万点ぐはぁ」

　恥《は》ずかしいことを言う亮士くんを、おおかみさんは殴《なぐ》って黙《だま》らせる。

「……………………黙れ」

　もちろんおおかみさんの顔は真っ赤です。あと亮士くん、一億万点はダメでしょう。どこの幼稚園《ようちえん》児ですか。

　まあそれはともかく、ふっとんだ亮士くんを冷静に見ながら雪女さんは言う。

「この馬鹿《ばか》は、まあすごく馬鹿だが、愉快《ゆかい》な馬鹿だ。上《うわ》っ面《つら》だけで相手を選ぶような馬鹿とは違う」

「たしかに、この馬鹿のことを真昼さんに教えれば、すべての男がダメなわけじゃないになって、男嫌いも多少は緩和《かんわ》しますのよね」

　……どうでもいいですが、名前で呼んであげましょうよ。

「まあこの馬鹿《ばか》は、伊達《だて》に涼子《りょうこ》の男性不信を緩和《かんわ》させたわけではないからな」

「ヘタレすぎて完治させるまでの効力はなかったですけど」

そうですね、亮士《りょうし》くんがもうちょっと男らしくて頼《たよ》りがいがあってかっこよかったら、おかみさんは毛皮をとっくに脱《ぬ》がされてるかもしれませんよね。

「でも、どうやってそれをわからせますの？」

「そうだな……亮士の前で着飾《かざ》らせた涼子と真昼《まひる》を並べればいいだろ」

「なるほど。森野《もりの》君が脇目《わきめ》もふらずに涼子ちゃんを見続ければ、見た目だけで選ぶ男ばかりじゃないってことになりますのよね」

「なんでそうなる!!」

「その場はあたしが設けよう。理由は適当にでっち上げて、パーティーでも開いてやる」

「ならこちらはそれまでに、阿比留《あびる》さんのほうの問題を解消しましょうですの。あの人、白鳥《しらとり》さんと比較《ひかく》されまくったせいか、少々卑屈《ひくつ》になられているみたいですし」

「だっだから話を!!」

「あ、そうそう。どうせなら、今の精のつく料理を続けてもらって、森野君を色々たまらん状態にしたほうが効果的ですの」

「なるほど、それもそうだな。まあ、あと数日は続けるつもりだから……それに加えて禁欲させるか」

「そうなると、涼子ちゃん大ピンチですのねー」

「おいぃいっ!?」

「そのへんは、お前が注意しろ」

「了解《りょうかい》ですの」

「だが、料理のレパートリー的に飽《あ》きがな。若人《わかと》も色々調べてるみたいだが、精がつく料理って結構偏《かたよ》ってくるからな」

「それなら、乙姫《おとひめ》さんに聞いてみますの。あの人なら色々知ってるでしょうし」

「だっかっらっ!!」

無視られるおおかみさんと、気を失ったままの亮士くん。

こうして、ヒーローとヒロインをまったく無視して話が進んでいきました。……まあいつものことなんですが。

雪女《ゆきめ》さんに相談した翌日、早速《さっそく》おおかみさんたちは阿比留さんを御伽《おとぎ》銀行地上支店に呼び出していた。

「依頼《いらい》の件ですけど、白鳥さんと阿比留さんを仲直りさせるという依頼なら、お受けしますの」

「えっでも、私は……」

阿比留さんはおどおどとうつむきがちに逡《しゅん》巡《じゅん》する。白鳥さんと比べられ続けた過去が、この人をここまで卑屈《ひくつ》にさせたのでしょう。

「すいませんけど色々調べさせてもらいましたが、どう考えてもあなたは悪くないですの。それに、あなたと仲直りできないと、白鳥《しらとり》さんは救われませんのよ」

「……」

「それとも仲直りするのが嫌《いや》なのか？」

「そんなことない!!　……です」

おおかみさんの問いに、うつむいていた顔をさっと上げてそう言いきる阿比留《あびる》さん。その言葉には、しっかりと阿比留さんの意志が、必死さが、白鳥さんへの思いがこもっていた。

「ならいいじゃないですの」

だが、阿比留さんは頭を振《ふ》る。

「でも真昼《まひる》は、あんなひどいことを言った私を許してくれるはずがない……それにもし許してくれたとしても、私は……ブスだから、真昼の側《そば》にいるとまたひがんで八つ当たりして傷つけてしまうかもしれない……私は心が狭《せま》くて最低な女だから……」

白鳥さんだけでなく阿比留さんも色々抱《かか》えちゃってますね。

「ならひがまないように、きれいになっちゃいましょうですの」

「えっ？」

「というわけで、講師をお招きしましたの」

まあこういうときに呼ばれるのは、女道《おんなどう》を極《きわ》めてしまった乙姫《おとひめ》さんに決まってます。

「初めまして、竜宮《りゅうぐう》乙姫と申します」

深々と、乙姫さんは完璧《かんぺき》すぎるお辞儀《じぎ》をする。動きの端々《はしばし》から育ちのよさが透《す》けて見える。

性産業の雄《ゆう》、竜宮グループのお嬢様《じょうさま》で、女としての英才教育を受け、女としてある意味完成してしまった乙姫さんは、御伽《おとぎ》銀行でその経験を生かし、色んな女の子の相談に乗ったりしているのだ。

「阿比留様、あなたは……あきらめておいでございますね」

その乙姫さんの言葉に、阿比留さんはビクッとなったあと丸まる。

「あきらめたらそこで試合終了《しゅうりょう》でございますよ」

なぜか、笑顔《えがお》の乙姫さんの後ろにめがねをかけた白髪《しらが》で小太りのおっさんが浮かびました。

バスケがしたいですとか言いたくなりますよね。

「…………」

どこかで聞いたことがあるような名言で自分を諭《さと》してくる乙姫さんのことを、あなたは美人だからそんなことを言えるんだ……なんて目で見る阿比留さん。やはり、かなり卑屈になっているようです。

だが、そんな反応をされ慣れてる乙姫さんは、学生証に入れている一枚の写真を取り出し、阿比留さんに見せた。

「……これは？」

「昔のわたくしでございます」

そこに写っているのは、まん丸に太っていた頃《ころ》の乙姫《おとひめ》さんの姿だった。写真の中の乙姫さんは、まん丸な身体《からだ》を丸め、自信なさげにうつむいている。

「ええっ!?」

乙姫さんはたしかに美人で、それは生まれ持ったものも多分に関係しているが……それでも努力をしたのは確かなのだ。

「自分はダメだとあきらめていたときの写真……自戒《じかい》のために常に持ち歩くようにしているのでございます」

この乙姫さんは浦島《うらしま》さんにくっついてなし崩《くず》し的に御伽《おとぎ》銀行に所属したのですが、そこで悩《なや》める女の子たちの手助けをすることにやりがいを見いだしてしまったのです。

しかも、悩める少女たちに昔の自分を投影《とうえい》してしまうからか、自分の技術を惜《お》しみなく伝えるので、すごいことになってしまうのです。

「わたくしが協力しますので、もう一度がんばってみませんか？　自分に自信がないと、また同じことを繰《く》り返してしまうかもしれません。それになにより磨《みが》いて輝《かがや》かない女の子はいないのです」

そう自信満々に言う乙姫さんに、阿比留《あびる》さんは少しの間逡巡《しゅんじゅん》したあと、うなずいた。

「……………わかりました、お願いします」

そうして乙姫さんの乙女《おとめ》講座が始まったのですが、それは何度か書いてますので、今回印象に残った言葉を一言だけ。

『化粧《けしょう》は女の子が誰《だれ》しも使える魔法《まほう》です。この魔法を極《きわ》めれば、殿方《とのがた》が見たら詐欺《さぎ》だと叫《さけ》ぶくらいの変身は可能です。嘘《うそ》？　偽《いつわ》りの姿？　本当の自分ではない？　そんなもの、一生魔法をかけ続ければ、それは真実にほかならないのでございます!!

それに魔法をかけ続けなくても、魔法の効いている間に愛を育《はぐく》めば、魔法が解けても大丈夫《だいじょうぶ》!!　そもそも時間が経《た》てば誰しも老いるのですから、そうなったらもう愛情勝負なのでございますよ!!

そして、その魔法を使うのに必要な鍵《かぎ》は三つだけ、努力根性恋心でございますっ!!』

いや、阿比留さんは別に今恋とか関係ないと思うんですが……白鳥《しらとり》さん並みに男性不信に陥《おちい》ってるでしょうし。

まあそれはともかく、悩める乙女の強～い味方、乙姫さんの乙女道の講義のあと、阿比留さんは普通《ふつう》から、ちょっとかわいい子にランクアップし、こうしてまた一人、乙姫さんの弟子《でし》……というか信者が誕生《たんじょう》したのでした。

阿比留さんのコンプレックスを多少なりとも払拭《ふっしょく》することに成功したおおかみさんたちです

が、次は白鳥《しらとり》さんの男嫌《ぎら》いのほうをなんとかしなければならない。

雪女《ゆきめ》さんから明日の日曜にパーティーをやるからと連絡《れんらく》が来たので、りんごさんはおおかみさんを予行演習ということで着飾《かざ》らせていた。

とりあえず、外見だけで判断する男ばかりではないことを証明するために、亮士《りょうし》くんの視線を一身に集めないといけないので、おおかみさんをよりかわいくする必要があるのだ。

外見で判断する男ばかりでないと証明するために、着飾る……矛盾《むじゅん》がある気がしますが気にしてはいけません。まあ、魔王《まおう》と戦う前に勇者が装備を調《ととの》えるようなものです。

「こっこれを穿《は》くのか」

「依頼《いらい》のためですの」

そう言いつつ、りんごさんは至福の表情を浮かべる。

おおかみさんを着飾らせるためにりんごさんが用意したのは……ミニスカでした。

すごく……ミニスカです……と言いたくなるほど、ミニスカでした。これを穿くとなんかものすごくきわどいところまで脚《あし》が出ると、見ただけでわかります。ちょっと前屈《まえかが》みになれば、なにがとは言いませんが見えます。絶対見えます。

「…………」

おおかみさんは基本ミニスカートなんか穿きません。

制服はいつもスケバン仕様のロングスカート。『絶対こっちのほうが動きやすいですの!!』

とりんごさんに丸め込まれてスリットは入ってますが。

私服はジーンズなどのパンツルックが多いです。時々屁理屈《へりくつ》こねたりんごさんに丸め込まれて、スカートを穿きますが。

ですが…………さすがにこの短さは経験がありません。

「…………短すぎないか？」

「だって、森野《もりの》君の視線を超絶《ちょうぜつ》美少女の真昼《まひる》さんから奪《うば》わないといけないんですのよ？　なら森野君の大好きな涼子《りょうこ》ちゃんの脚を見せないと!!」

亮士くんは脚フェチですからねぇ。

「あとはさりげなーいナチュラルメイクで決めですの。森野君もそうですけど、男の人は基本的に化粧《けしょう》濃《こ》いの好きじゃない人が多いんですのよね」

まあ厚化粧という言葉が悪口になるくらいですからね。

「化粧もするのかっ!?」

「あたりまえですのよ……乙姫《おとひめ》さん直伝《じきでん》のメイクテクを見せてあげますの。ふっふっふっ、腕《うで》が鳴りますの。ナチュラルメイクの極意《ごくい》は、メイクしてるのにメイクをしてないように見せること……メイクのデメリットである作り物感というか偽《いつわ》ってる感を消し、自分の魅力《みりょく》を際立《きわだ》たせるというメリットだけを享受《きょうじゅ》することなんですのよっ!!」

ここにも魔法使いがいました。しかも魔法を使っているのに、使っていることを気づかせないとか、どれだけ上級の魔法使《まほう》いなんですか。

「乙姫《おとひめ》さんってほんとすごいんですのよ？　冠婚葬祭《かんこんそうさい》、デートに会社に普通《ふつう》の日などなど、それぞれに合わせたメイクができるほどの技術を持ってるんですのよ。しかもプロ直伝《じきでん》なので、その技術のレベルがまさにプロ並みに高いんですの。私も暇《ひま》を見つけては色々教わってるんですけど、まだまだ乙姫さんには及《およ》びませんのよ」

りんごさんもいつの間にか乙姫さんに色々教わっているようです。

ただでさえ腹黒で毒持ってる……じゃなかった、ちゃっかりしっかりしてるりんごさんが、乙姫さんの技術まで手に入れたらすごいことになりますよ。

……乙姫さんは今自分が怪物《かいぶつ》を育てていることに気がついているのでしょうか。

「いやでも…………白鳥《しらとり》は相当美人なんだろ？　なんというか、オレが今更《いまさら》化粧《しょう》をしたところでよ……」

なんか急に不安になってきたらしいおおかみさん。

雪女《ゆきめ》さんの話からすると、敵はものすごく強大ですからね。

「たしかに白鳥さんはすんごい美人らしいので、容姿でなく総合力で勝負することにしてるわけですけど……どうせなら、かわいいにこしたことはありませんの。涼子《りょうこ》ちゃんを最大限にかわいくすればそれだけ総合力もアップするんですから。それに、涼子ちゃんだって十分かわいいですの」

「でもよ……」

「大丈夫《だいじょうぶ》ですの。涼子ちゃんと森野《もりの》君の間には、今まで積み重ねてきたものがありますもの」

そうですね、伊達《だて》にシリーズが続いてるわけじゃありませんよね。

「………まあ、この期《ご》に及《およ》んで涼子ちゃんより、ぽっと出の白鳥さんに見とれなんかしたら、捨てちゃえばいいんですのよ。そんな男は涼子ちゃんに相応《ふさわ》しくないですの。……涼子ちゃんだってそんな森野君見たら恋も冷めますでしょ？」

「そうだな…………ってそうじゃねーよ!!」

すごく真面目《まじめ》な顔で答えたあとに、おおかみさんはハッと我に返る。

「こここ恋ってなんだ恋って!!」

「じゃ～さっさと着替《が》えてくださぃの」

「だから聞けよ!!　……って、なに脱《ぬ》がそうとしてるんだよ!!」

しれっとした顔でおおかみさんの言葉をスルーしつつ、りんごさんはミニスカを穿《は》かせようと部屋着の短パンを脱がし始める。

「まーまーいいじゃないですの」

「まーまーじゃねーよ!!　って、てめえどこまで脱がそうとしてやがる!!」

「いえ、隙《すき》があったのでなんとなくですの」

「なんとなくでパンツずらされてたまるかっ!!」

「んもう、ちょっとした冗談《じょうだん》じゃないですの。ちょっとした……」

「なら、その手をさっさとどけろっ!!」

決戦は明日です。


翌日、着飾《かざ》ったおおかみさんとりんごさんは、雪女《ゆきめ》さん家《ち》にやって来ていた。

来るまでに散々『おかしくねえか？　マジおかしくねえか？』とりんごさんに聞きまくっていたおおかみさん。スカートの丈《たけ》を気にするその姿は実にプリティーでした。

そんな二人が今いるのは台所だ。

そこで準備を手伝ってたりんごさんは雪女さんに聞いた。

「それでパーティーを開く理由はなんにしたんですの？」

「若人《わかと》、おつとめご苦労様でしたパーティーだ」

「なるほどですの」

……なんか刑務所《けいむしょ》から出てきたや○ざやさんがしそうなパーティーですね。

まあパーティーとはいっても、庭でバーベキューといった感じになるそうです。

ちょっと季節外れかもしれませんが、まあ食欲の秋といいますしね。

庭のほうを見ると、芝生《しばふ》の上にコンロなどのバーベキューセットといくつかの机と椅子《いす》が置かれ、その椅子の一つに若人さんがなにかをやり遂《と》げた男の顔で座っている。今日は若人さんをねぎらうパーティーなので、準備は雪女さんたちに任せているのだ。

ちなみに亮士くんには部屋から出てくるなと言ってあります。しかも、昨日の夜から後ろ手に手錠《てじょう》をはめられてるらしいです。その煮《に》えたぎる精力を一人遊びで発散できないようにするためらしいですが、なんというか……亮士くんの権利関係はどうなってるんでしょうかね。ラブコメの主人公は基本的にそのへんの権利がないがしろにされるものですけど、そろそろやりすぎ感が漂《ただよ》ってきましたよ？

まあそれはともかく、台所では食材を用意しているマチ子さんやグレーテルさんもいたりして、女の子総動員で準備をしているようです。

「赤ちゃんできてるといいですのね～」

「そうだな……というか早めにできないと、涼子《りょうこ》の貞操《ていそう》が危《あや》ういな」

「毎月毎月こんな感じだったら、いつか森野《もりの》君の理性がプッツンいきそうですものねぇ」

「涼子が時々見せるらしい素《す》の笑顔《えがお》がやばいだろうな。ちらっと色々見えた場合は、鼻血でも出して終わりだろうが、にっこり微笑《ほほえ》まれたら亮士の理性なんて一発だろ」

「ですのよね～」

「まあ、それでも抱《だ》きつく以上のことはできないだろうが」

「ヘタレですものねぇ」

「でも、たまりすぎてるから、もしもがあるからな」

「そのときは責任取ってもらえばいいんですのよ」

「そうだな、なんの問題もないな」

そんな人の貞操《ていそう》をなんでもないかのように話している雪女《ゆきめ》さんとりんごさんに、おおかみさんは叫《さけ》ぶ。

「なっなにをそんな他人事《ひとごと》みてーにっ!!」

「他人事ですもの。ね~雪女さん」

「な~、りんご」

なんか、よほど波長が合うのか、雪女さんとりんごさんが歳《とし》の離《はな》れた友達同士って感じになってます。時々おおかみさんと亮士《りょうし》くんの進展に関して、連絡《れんらく》を取り合ってるみたいですしね。

「…………はぁ」

そんな二人に、おおかみさんはため息をつく。

「つーかオレの気持ちも考え……」

「考えてますのよ~。だって涼子ちゃん的にはまんざらでもないんじゃないですの？　そんな格好しちゃって」

「なっこっこれは、依頼《いらい》だから……」

「別に、拒否《きょひ》してもいいんですのよ？　泣くほど嫌《いや》なことを無理してさせるほど私は鬼《おに》じゃないですし」

「そっそれは、雪女さんには世話になってるし……」

「うふふふ、い－んですのよ。わかってますのよ。やっぱり涼子ちゃんも、森野君《もりの》にかわいい姿を見てもらいたいんですのよね？」

「んなっななななわけあるか!!」

うりうりと、おおかみさんをいぢめるりんごさん。おおかみさんの顔がどんどん真っ赤になっていってます。そろそろ湯気が出そうです。

と、そのとき白鳥《しらとり》さんが現れました。

「………おはようございます」

先ほど、いつも通りの格好でやって来た白鳥さんに、雪女さんが本来の姿で戻《もど》ってこいと命令したのです。

「………………これは」

雪女さんの命令でその姿をあらわにした白鳥さんを見て、おおかみさんは感嘆《かんたん》の声を漏《も》らす。ただめがねを外し、髪型《かみ》を整え、姿勢を元に戻し、なんの変哲《へんてつ》もないワンピースを着ただけで、特に化粧《けしょう》などをしたわけではないのだ、それなのに白鳥さんは異常な輝《かがや》きを発している。

「たしかに……すごいですの…………………負けた」

りんごさん敗北。

りんごさんはきれいというよりかわいいという感じなので、単純に比べるのは難しいですが……それでもりんごさんは負けを認めてしまいました。

九十九点は百点に勝てないのです。

「……ふっ女は総合力ですのよ」

完璧《かんぺき》を形にしたような白鳥《しらとり》さんを見て、りんごさんが珍《めずら》しく負け惜《お》しみを言ってます。ですが………あなた中身腐《くさ》ってるじゃないですか、毒も持ってるじゃないですか。総合力でも結構危《あや》うくないですか？

「それで……どうしてですか？」

この『どうして』は雪女《ゆきめ》さんが素顔《すがお》を出せと言ったことについての『どうして』でしょう。

「ああ、そりゃあ、あとでわかる。だからまあ準備手伝え」

「……わかりました」

そしてバーベキューの準備が整い、亮士《りょうし》くん以外の皆《みな》さん……おおかみさんにりんごさん、あとはおかし荘《そう》の住人の皆さんが庭に揃《そろ》ったところで、手錠《てじょう》を後ろ手にはめられ目隠《めかく》しをされた亮士くんが雪女さんに連れられ出てくる。

前に書いたように、ラブコメではヒーローの人権が無視されるのはお約束ではありますが……

……これはひどい。

まるで囚人《しゅうじん》のようです。

「よーし、目隠し外すぞ」

「…………」

雪女さんのその言葉で目隠しが外され、あらわになった亮士くんの目がぎょろぎょろと動く。血走ってます。

「……目がやばいですの」

「ほんとね……野獣《やじゅう》の目をしてるわ」

りんごさんとマチ子さんが話している通り、亮士くんの目が非常にやばいです。

昨日まで雪女さん夫婦《ふうふ》の子作りに巻き込まれ、精のつく料理を食べさせられ続けた亮士くん。しかも昨夜は発散できなかったので、野獣一歩手前といった感じです。……若いですからね。

なんかもう、亮士くんがオオカミに、おおかみさんが赤ずきんにという、オオカミさんシリーズの根本を揺《ゆ》るがすキャラ変更《へんこう》が起きる寸前といった感じです。

と、そのとき、亮士くんのぎょろぎょろ動き回ってた目が、おおかみさんの姿を捉《とら》えた。

無言のまま、亮士くんは熱い目でおおかみさんを見つめる。

「…………」

「…………」

おおかみさんは、亮士くんの自分を見る目に、なにやら熱いものを感じてそわそわし出した。擬音《ぎおん》をつけたらぎらぎらとかいう感じになりそうな目、空腹で死にそうな人が食べ物に向けるだろう目、砂漠《さばく》で遭難《そうなん》し喉《のど》の渇《かわ》きが限界にまで達した人がオアシスを発見したときにする目、トランペットを欲しい少年が楽器屋のショーケースに飾《かざ》られてるトランペットを食い入るように見つめる目。…………最後のはなんか違《ちが》うかもしれませんが、要するに亮士《りようし》くんの今の目つきは欲望に染まった目なのです。

そして、そんな『おいしそう』とか『欲しい』という感じのぎらぎらした目で見られたら、居心地《いごこち》が悪いのは当たり前です。

……が、実はそれほど不快ではないおおかみさん。

この目をほかの相手から向けられたら不快になりそうなのだが、亮士くんが相手だと、自尊心が満たされつつ、ドキドキしてしまうのだ。

「なっなんだよ……」

「いっいやその……」

おおかみさんにそう問われると、亮士くんはきょろきょろし……だが再びおおかみさんをロックオンする。

精力をもてあましていることも確かですが、それ以上に今のおおかみさんはかわいいですからね。

「そっそんなに見んな」

「すっすいませんっス」

おおかみさんは耳まで真っ赤になった。うれしくて恥《は》ずかしくて気持ちよくてと感情がぐちやぐちゃになって、どうしていいかわからなくなったおおかみさんは怒《おこ》った顔をして亮士くんにそう言うが、亮士くんはそれでもおおかみさんから視線を外せない。

完全に二人の空気を作り上げています。

そんな二人を見ながら、りんごさんは白鳥《しらとり》さんに言った。

「どうですの？　完全に無視されたお気持ちは？」

そう、おおかみさんの隣《となり》には、正体を現した白鳥さんがいたのだ。

「まあ男にもこんなのが時々いるんですのよ」

はっきり言って、どちらがきれいかと聞けば、ほとんどの人が白鳥さんのほうがきれいだと言うに違いありません。

たしかに、おおかみさんはおめかしをして、美少女レベルがいつもより上がっています。それでも日本有数レベルの美少女白鳥さんには太刀《たち》打ちできません。

白鳥さんはそれだけ美少女なのですから。

ですが……亮士くんはそんな白鳥さんをガン無視です。おおかみさんをロックオンする前に目に入ったはずですし、おおかみさんの隣にいるんですから視界の隅《すみ》に白鳥さんは入っているはず。それでも、亮士くんの目にはおおかみさんしか映ってません。

「森野《もりの》君は涼子《りょうこ》ちゃんのことが好きで、ずっと涼子ちゃんだけを見てきて……だから白鳥さんがいくらきれいでも、アウトオブ眼中なんですのよ」

視線のレーザービームを発射している亮士《りょうし》くんと、それに焼かれて悶《もだ》えてるおおかみさんを見ながらりんごさんは白鳥《しらとり》さんに言う。

「若くて、まあ色々たまる年頃《としごろ》で、しかも精のつく料理を食べさせられ続けて、さらに強制的に禁欲させられて……それでも森野《もりの》君には涼子《りょうこ》ちゃんしか見えないんですのよ」

……言葉にしてみるとマジひどいですが、そんな状態でも亮士くんはよそ見をしないのです。

「じ〜〜〜」↑ガン見する亮士くん
「りょっ亮士、その…………みっ見るな……」

そして、おおかみさんは熱い視線にさらされ続けたからか弱ってます。真っ赤になってのぼせたような状態になって、もじもじとうつむいています。

いやぁ、ここまでなるとは……あと一押ししたら、おおかみさんの毛皮がスッポーンと一気に抜《ぬ》けそうですね。

「じ〜〜〜〜〜」↑やっぱりガン見する亮士くん
「だから……見るなよ……」

ほら、おおかみさんってば、真っ赤になって少女化してますし。

声なんか消え入りそうなほど弱々しくなってます。

まあ、そんなラブコメってる二人は放《ほう》っておいて、白鳥さんです。

白鳥さんは、なんだかわけのわからなくなってる二人を見ながら言った。

「…………こんな男の人もいるんですね」

自分を見ても完全無視、一瞬《いっしゅん》たりとも視線を自分に留《とど》めずにただ好きな子だけを見続ける。それほどの想《おも》いに感心し、白鳥さんは心揺《ゆ》さぶられる。

「…………ただ……あの視線はちょっと」

感心しつつも、引いてる白鳥さん。男嫌《ぎら》いの白鳥さんが、あんなぎらぎらした視線を直撃《ちょくげき》じゃないにしても近くで見てしまったら引くのも仕方ありません。

「子宮にキますのよね、あの視線は。実際涼子ちゃんがおかしくなってますし……うふふ、ああいう涼子ちゃんもかわいいですのね～」

男というより雄《おす》って感じですからね。あと、りんごさん、お願いだからそのかわいい顔で子宮とか言わないでください。

まあ、そんなわけで、亮士くんを見て、今まで自分の周りにいた男とは違《ちが》うということを知った白鳥さん。これで男がすべてがダメとは思わなくなるでしょう。

任務完了《かんりょう》ということで、雪女《ゆきめ》さんが事態を収拾しようとぱんぱんと手を叩《たた》いた。

「よっしゃ、こんな感じでいいか」

「いいんじゃないですの？　……これ以上は、涼子ちゃんが耐《た》えられそうにないですし」

りんごさんの視線の先では、おおかみさんがとうとう生まれたての子鹿《こじか》のようにぷるぷる震《ふる》え出していた。

「………」↑ぷるぷるしているおおかみさん
「じ〜〜〜〜〜」↑まだまだガン見している亮士《りょうし》くん
おおかみさんはたしかに限界そうです。腰砕《こしくだ》け寸前って感じです。

それを見た雪女《ゆきめ》さんは庭に備えられた蛇口《じゃぐち》からホースを引っ張ってきて、

「じゃあ亮士、とりあえず話が進まないから頭冷やせ」

じゃばーっと亮士くんの頭のてっぺんから水をかけた。

「じ〜〜〜〜〜〜〜〜〜……うひゃっ!! なっなにするんスかっ!?」

無理矢理させといてこれ、ひどすぎますね。しかも今もう秋ですよ。風邪《かぜ》ひいちゃいますよ。

「で、亮士。真昼《まひる》を見てどう思う?」

そこで初めて、亮士くんはおおかみさんの隣《となり》の白鳥《しらとり》さんに気がつく。

「えっ? 白鳥さんスか? そうっスね……いやたしかに、きれいだな、美人だなと思うっスけど……まあ、こう言っちゃなんっスけどそれだけで、涼子《りょうこ》さんと一緒《いっしょ》にいるときみたいに、ドキドキはしないっス」

「というわけだ。ちなみにうちの若人《わかと》も、お前のことをそんな目で見てないぞ?」

「そうだね……それに今ぼくは夜のおつとめでがんばりすぎてそれどころじゃないからね」

生きる屍《しかばね》のように生気のない姿で椅子《いす》に座っていた若人さんが、そのままの姿で言った。

性欲ゼロになっている若人さんですから、相手の容姿なんかどうでもよくなってて、残ってるのは雪女さんへの愛情だけでしょう。

「ま、それはお前を見る目でわかるだろ」

「………はい」

「で、なんでこんなことをしたかだが……」

ここからが本題と、雪女さんは白鳥さんの目を正面から見つめる。

「いや、別に男のことを嫌《きら》いでもいいんだがな、嫌いなら嫌いなりに折り合いをつけないと、この世の中生きづらいぞ。人類の半分は男なんだからな……というか、お前が今の状態だと気に病《や》むやつがいるわけだ」

「気に病む……ひと?」

「そうだ。別に男を好きになれと言ってるわけじゃない。ただ男というだけで忌避《きひ》すると、愉《ゆ》快《かい》な出会いを……これは恋人というわけでなくて、友人だろうが腐《くさ》れ縁《えん》だろうが知り合いだろうがなんでもいいがな、そういうのをなくしてしまう……というわけでこいつらだ」

濡《ぬ》れ鼠《ねずみ》な亮士くんと、やり遂《と》げた顔の若人さんを見て雪女さんは言う。

「若人はまあアレだ、お前を見てきれいだなぁと思うだろうが、それが恋愛感情に変わることはまずない。あたしがしっかり調教してるしな。性欲処理に風俗に行くくらいなら大目に見てやらんでもないが、心がよそ見したら別れると言ってるし、たかだか見た目がきれいなだけの小《こ》娘《むすめ》に心まで惹《ひ》かれるわけはない。亮士は……馬鹿《ばか》だからな」

なんかもう亮士《りょうし》くん散々ですね。

「まあ、そういうわけだ。ただ、男の中にもそういうやつが時々いる。それだけ覚えてればいい」

そう言われて白鳥《しらとり》さんは、亮士くんのほうに視線を向けた。白鳥さんの目に入ったのは、強制的に頭を冷やされた亮士くんと、亮士くんの熱い視線から解放されて思わず八つ当たり気味に蹴《け》りを放ってしまったおおかみさんの姿だった。

「見るなっつっただろうがっ!!」

「ぐふぅあぁあ!!」

鼻血を噴《ふ》き出しながら吹《ふ》っ飛ぶ亮士くん。これはそれほどのダメージを受けたというよりかは、蹴られた際、色々見えてしまったんでしょうね。おおかみさんはミニスカですからね。そして亮士くんは異常に目がいいですからね。

亮士くんは吹っ飛ばされ、血だらけで動かなくなる。なんか大惨事《さんじ》ですが、それを見て白鳥さんは笑《え》みを浮かべる。

お馬鹿《ばか》でスケベで頭の悪い、思春期真っただ中の亮士くんですが、おおかみさんへの想《おも》いは確かで、あんなぎらぎらした性欲丸出しの姿を見ても不快ではなかった。あの一途《いちず》さは好ましく、大嫌《きら》いな男だというのに、今のラブコメってる姿を見れば笑みさえ浮かんでくる。

「……そうですね。わかりました。無条件に男を嫌うのではなく、一応その人となりを見て嫌うことにします」

「それでいい。だがまあ、今まではおまけだ。おーい、出てきていいぞ」

その雪女《ゆきめ》さんの声で出てきたのは、乙姫《おとひめ》さんと……乙姫さんに連れられた阿比留《あびる》さんでした。

乙姫さんの魔法《まほう》で変身した阿比留さんは、白鳥さんを見て微笑《ほほえ》む。

「なみちゃん!!」

白鳥さんは思わず声を上げてしまう。

「………真昼《まひる》」

阿比留さんは白鳥さんの名を呼ぶ。

お世辞《せじ》にも、白鳥さんより阿比留さんのほうがきれいだとは言えませんが……それでも阿比留さんにあった卑屈《ひくつ》さは消えていました。

阿比留さんは穏《おだ》やかな表情で再会の挨拶《あいさつ》をする。

「久しぶり……元気だった?」

「……うん」

「………」

「………」

挨拶のあと、二人は無言で見つめ合う。だが、ついと白鳥さんは目をそらし、うつむいてしまう。

昔はずっと一緒《いっしょ》にいたのに、離《はな》れていた時間が二人の間に壁《かべ》を作っていた。

だが、この壁《かべ》を破れないと、なんのために来たのかわからないし、なにより白鳥《しらとり》さんが救われない!!

　……と、阿比留さんは堂々と胸を張り、足を踏み出した。

　阿比留さんは離《はな》れていた時間を埋《う》めるように白鳥さんとの距離《きょり》を詰《つ》めていく。手の届く所まで近づくと、すっと手を伸《の》ばす。思わず、白鳥さんはびくっと肩《かた》をすくめる。だが、阿比留さんの手は優《やさ》しく白鳥さんの髪《かみ》に触《ふ》れるだけだった。

今日は梳《と》かしているので、いつものようにぼさぼさなわけではないが、それでも手入れを放《ほう》棄《き》し雑《ざつ》に扱《あつか》い続けた髪の毛は傷《いた》み放題。それは昔の白鳥さんを知っている阿比留さんからすれば、信じられない状態で、悲しそうな顔をして白鳥さんの髪を梳《す》く。

「…………髪の毛こんなに傷んで…………ごめんね？　私のせいで」

「ううん…………私なんかよりなみちゃんのほうが……痛かった」

うつむく白鳥さん。そんな白鳥さんに、阿比留さんは叫《さけ》ぶ。

「真昼《まひる》はなにも悪くない!!　私が弱かったから……だから……」

「なみちゃん……」

「私は謝りたかった。ずっとずっと謝りたかった。真昼は悪くないのに、ただ私が嫉妬《しっと》して八つ当たりして、あんなひどいことを言って……本当にごめんなさい」

阿比留さんは頭を下げる。

「そっそんな、あれは私が……」

白鳥さんは阿比留さんにそう言いかけるが、阿比留さんはその言葉を遮《さえぎ》った。

「ううん、元はといえば私の弱さが原因」

そう、たしかに白鳥さんはなにも悪くはない。ただ美しすぎた――そんな冗談《じょうだん》のような理由で二人は傷ついてしまった。世間が作り出した美醜《びしゅう》の感覚、他人の決める常識が、通い合っていた二人の心を引き裂《さ》いてしまった。

だが、そんな常識を乗り越《こ》えてしまえば、捨て去ってしまえば、お互《たが》いを想《おも》い合っている二人を阻《はば》むものはなにもない。

「でも、もう大丈夫《だいじょうぶ》。竜宮《りゅうぐう》さんのおかげで少しだけ自信が出てきたし……なにより、人を容姿でしか判断できない人なんて、こっちが願い下げ。そんなことより、私は真昼と一緒《いっしょ》にいられないことが辛《つら》いわ」

「なみちゃん………」

白鳥さんはうっすらと涙《なみだ》を浮かべて、泣き笑いの表情になる。

「ありがとう。私も、あなたがいないのが寂《さび》しくて仕方がなかった。子供の頃《ころ》からずっと一緒だったんだから……」

「真昼……」

「なみちゃん……」

初めはおそるおそる……だが最後は二人ともしっかりと抱《だ》き合う。

感動の和解シーンです。

「これでハッピーエンドか」

「よかったですのね」

「そうっスね」

そんな二人を温かく見守る皆《みな》さん。

亮士《りょうし》くんは、いつの間にか復活してますね。またまた鼻にティッシュ詰《つ》まってますけど。

……が、なにやら、見守ってたらなんか予想外の方向に話が転がっていってました。

「なみちゃん……私は男の中にもましな人間がいるのはわかったけど……それでも男とどうこうなるのは、やっぱり考えられない」

「私も……男は基本的に信用できないわ。例外な人もいるみたいだけど……」

「ふふ、私はあなたがいればいいわ、あなたさえいれば……」

「私も……真昼《まひる》さえいればいい」

「もう離《はな》さないわ」

「私もよ……」

白鳥《しらとり》さんと阿比留《あびる》さんは熱く見つめ合う。

…………………………いや、思ったよりも大きく常識を飛び越《こ》えちゃってたんですね。

離れていた間になにやら想《おも》いが増幅《ぞうふく》されていたらしく、二人は友情を飛び越え愛情の域に到《とう》達《たっ》していたらしいです。

あひるよりも白鳥《はくちょう》が美しい。そんな世間の作った常識が二人を引き離してしまったのだから、その常識の世界から抜《ぬ》け出してしまえば、そんな常識を捨ててしまえば、容姿などなんの問題もない。ついでに恋愛は男と女がするものだという常識を捨ててしまえば、やっぱり容姿などなんの問題もない。

同性同士なら、そして真に愛し合っているならば、容姿よりも大切なものがあるはずで。容姿がきれいにこしたことはないかもしれませんが、重きに置くものはほかにあるはずなのです。打算なしで友人を選ぶなら、最低限の清潔さ以上の容姿なんて気にしないでしょうね。清潔感が必要なわけは……まあ風呂《ふろ》に入らず髪《かみ》も洗わず変な臭《にお》いがしているようだったら、もはや人としてダメですよね。相手を不快にさせない程度の身だしなみは、人間関係の初歩として必要なものですし。

「ああ、なみちゃん……」

「真昼……あったかい」

ともかく、なにやら真実の愛を見つけてしまったらしい二人。このままホテルにでもしけ込んでしまいそうな勢いです。

「…………これは、ハッピーエンドなのか？」

「……なんスかね？」

「さあ？　でもまあ、本人たちが幸せならいいんじゃないですの？」

「……まあ、そうですよね!!」

「おい、話がすんだならパーティー始めるぞ」

「あっはいっス」

話がまとまったのを見計らって、雪女《ゆきめ》さんが声をかける。

こうしてハッピーエンドのあとに始まったバーベキューパーティーは、とても楽しいものになったのは言うまでもありません。

「真昼《まひる》、はいあ〜んして」

「あ〜ん……むぐむぐ」

「おいしい？」

「うん」

若干《じゃっかん》二名ほどが、二人の世界を作ってましたけどね。

こうして、阿比留《あびる》さんと仲直りどころか、仲良くなりすぎちゃった白鳥《しらとり》さんは、自分の容姿を無理に隠《かく》すということをやめたわけです。とはいってもめがねを外して、髪《かみ》を整えて、姿勢を直したくらいですが。ただただ、めがね邪魔《じゃま》、髪の毛うっとうしい、姿勢が悪いと身体《からだ》に悪い、なにより他人が自分をどう見ているかなんてまったく気にしてなかったのですが、今までの格好でいたら阿比留さんが気にしてしまうという理由で、結果的に超絶美少女《ちょうぜつびしょうじょ》が誕生《たんじょう》しました。一級品の素材の力はすごいのです。

するとと白鳥さんに求愛する男が雲霞《うんか》のごとく押し寄せたわけですが……白鳥さんはそれをばっさばっさとなぎ倒《たお》す。

告白その1
「あの、今度遊びに行きませんか？」

「お断りします。私は男が反吐《へど》が出るほど大嫌《きら》いで、男という生き物が視線の中に入るだけで不快なほどなので、男とお付き合いするとか、天地がひっくり返っても、愛で空が落ちてきても、地球が滅《ほろ》びようともあり得ません。そもそも私はレズです」

告白その2
「好きです」

「無理です」

「なぜ」

「なぜ？　それはあなたが男だからです。男であるというただその一点だけで、あなたとどうこうなるということはありません。私とどうにかなりたいのなら、生まれ変わって出直してください。あ、生まれ変わる際は女でないといけませんよ？　私は女性が好きなので」

告白その3

「付き合ってください」

「え？　お付き合い？　それはあれですか？　私と恋人同士になって、キスしたり、あなたの汚《きたな》いピーを私のピピーの中に突《つ》っ込みたいということですか？　でもって白濁《はくだく》したピピーを吐《は》き出そうということですか？　お断りします。男とそんなことするくらいなら舌噛《か》んで死にます。というか私にはかわいいかわいい恋人がいます」

告白その４

「ずっと前から好きでした!!」

「はぁ？　今更《いまさら》なにを言ってるんですか？　本当に私が好きならば、私がこうなる前に告白していたはずでしょう？　それが私がかわいいとわかったら告白してくるとか、それでそんな男の告白を私が受け入れるとか、どうしたらそんな都合のいいことを考えられるのですか？　昔の私に告白しなかった、ただそれだけで私の容姿にしか興味がないと言ってるようなものじゃないですか」

とまあこのように、まさに白鳥《しらとり》さん無双《むそう》。

つーか、キャラが完全に変わってしまっています。

そんな白鳥さんだったので、最初はすわライバル出現かと緊張《きんちょう》した女生徒の皆《みな》さんでしたが、こんなことが続くうちに普通《ふつう》に接するようになりました。

女性には普通というかフレンドリーに接するのに、男に対しては心底嫌《いや》そうに接するので、ああ本気でガチレズなんだと理解したわけです。女性の恋人がいるとか公言してますしね。

そして今白鳥さんと阿比留《あびる》さんは、わざわざ待ち合わせをして帰っている最中だった。

仲良く手を繋《つな》いで……つーか恋人繋ぎして、二人はぴったりくっついて歩いている。

完全に二人だけの世界を構築しています。

「なみちゃん、今日はどうする？」

「どうしよっか……とりあえず最後は真昼《まひる》の部屋に行くのは確かだけど」

「もうなみちゃんったら」

「行くだけじゃなくて、泊《と》まって真昼をかわいがっちゃうわよ」

「あら、かわいがられるの間違《まちが》いじゃないの？」

「そっそれは……あんっ」

まあそんなわけで……白鳥《はくちょう》のほうがあひるよりもきれいですばらしいという、世間の一般常識から飛び出したあひると白鳥は、いつまでも幸せに暮らしましたとさ。

たぶんめでたしめでたし

おまけ

「……ふふ」

おおかみさんが笑《え》みをこぼした。

「ふふふ」

そう、だばだばとこぼした。うれしさが抑《おさ》えきれずに嘘《うそ》の毛皮からこぼれ落ち、おおかみさんに笑みを作らせたのだ。

「ふんふんふん」

姿見に自分を映して、鼻歌混じりににやにやしてるおおかみさん。

姿見に映っているのは、化粧《けしょう》をし着飾《かざ》った自分の姿だ。

「ふんふふ～」

これはあれですね、亮士《りょうし》くんにもうたまらんですという視線を向けられたのが、よほどうれしかったんですね。女として自尊心が満たされちゃったんですよね。

まあたしかに、雪女《ゆきめ》さん夫婦《ふうふ》の子作りに巻き込まれ、精のつくものばかり食べさせられて、精力をもてあました亮士くんの視線は熱いものがありました。あそこまで強烈《きょうれつ》に求められ、しかも自分を求めていたのが憎《にく》からず思っている亮士くんですからね。思わず浮かれてしまうのもわかります。

知らない人、嫌《きら》いな人にあんな目で見られたら、ただ気持ち悪いだけなんでしょうが、それが亮士くんなら、なにやら気持ちいいし、ドキドキする。

さらに言うなら、亮士くんはおおかみさんのすぐ側《そば》にいた超絶《ちょうぜつ》美人な白鳥《しらとり》さんをガン無視してましたからね。

　それは、亮士くん的には、おおかみさん∨白鳥さんということで……そりゃおおかみさんの女としての自尊心は、満たされるどころの話じゃありませんよね。大あふれしますよ。

「ふふふ～ん」

　というわけで、あふれ出した自尊心と喜びのままに、おおかみさんはとうとう姿見の前でくるくる回り出した。

　運動神経がよいだけあって、実にきれいな回りっぷり。軸《じく》がぶれてません。ミニスカートが素敵《すてき》に翻《ひるがえ》ってます。

　でも、おおかみさん。なんというか…………あなたは何度同じ失敗をすれば気がすむんですか。いや、味をしめたりんごさんがわざわざそういう失敗を犯《おか》しやすい環境《かんきょう》を整えているのは確かなんですが……

　りんごさんの計画通りに、おおかみさんは浮かれすぎて、周囲にまったく注意してないようですが、まあ、ほっときましょう。楽しそうなのを邪魔《じゃま》するのも悪いですし……

「うふふふ～」

　どうせもう少ししたら、ドアの隙間《すきま》からおおかみさんのことをガン見しているりんごさんに気がつくでしょうしね。


　　　　　こちらもまためでたしめでたし（りんごさん的に）

亮士《りようし》くんの素敵《すてき》な一日

これは白鳥《しらとり》さんと阿比留《あびる》さんを仲直りさせる依頼《いらい》の裏で起こっていた、涙《なみだ》なしには語れないある少年の物語。


亮士くんが体育座りでぼーっと遠くを見ていた。

浦島《うらしま》さんはぼーっと遠くを見ている亮士くんに気がつき、なにやってんだこいつと亮士くんの視線の先を見てみると……そこでは女子が運動をしていた。

そう、今日は朝一から体育の時間なのだ。体育の授業は男女別になっている。

亮士くんは遠くの景色を見ていたのではなく、遠くの女子生徒を見ていたんですよ。

アフリカの方々と競《きそ》えそうなほどに目のよい亮士くんですから、それはもう詳細《しょうさい》に色々見えてるに違《ちが》いありません。結構距離《きょり》あるんですけどね。

浦島さんは亮士くんの隣《となり》に立つと聞いた。

「おい亮士……どうしたんだ？　たまってるのか？」

その浦島《うらしま》さんの問いに、いつもの亮士《りようし》くんなら『たたたたまってないっスよ!!』とか言っていただろうが、亮士くんは真剣《しんけん》な顔でうなずいた。

「…………はいっス」

男同士だからかもしれませんが……それでもこうまで素直《すなお》に言うとは、亮士くんがどれだけせっぱ詰《つ》まってるかがわかろうものです。

そんないつもと違《ちが》う亮士くんに、男には基本的に興味はない浦島さんだが、話を聞いてみることにする。

「なんでだ？」

「実は……」

視線を女子にロックオンしたまま、亮士くんは説明を始める。

時系列的には、このお話は阿比留《あびる》さんの依頼《いらい》を受けて白鳥《しらとり》さんと仲良くさせようとしている真っ最中なので、亮士くんは雪女《ゆきめ》さん夫婦《ふうふ》の子作りの余波でたまりまくってるのです。

亮士くんは若いのです。欲求がありあまっている年頃《としごろ》なのです。それに加えて精のつく料理を食べさせられたらこうもなります。

「それは…………大変だな」

「しかも、なんか、それを知った赤井《あかい》さんが竜宮《りゆうぐう》さんから秘蔵レシピを手に入れ、雪女さんに渡《わた》したらしいんスよ。……あれはすごいんスよ」

「…………いやマジ大変だな。乙姫《おとひめ》のあれは竜宮家に代々伝わり研鑽《けんさん》し続けてきた、そして今もなお進化を続けている秘蔵のレシピ集だからな。『男だったら生きている限りたたせてみせる!!』とかそんなかっこいいのか悪いのかわからないキャッチフレーズがついてるんだぞ？　俺も元気がなくなると食べさせられるが……すごい効き目だ」

「…………そうなんスよ」

「でも自分で処理してんだろ？」

「…………追いつかないんすよ」

「…………」

「…………なんかもう、制限なくわき上がってくるんスよ」

「…………若いな」

　そんなわけで、むらむらしまくりの危ない人一歩手前な目をした亮士くんは、思わず女子を目で追いかけてしまうのだ。

「きゃー涼子《りようこ》ちゃん、がんばってですのー」

　……いえ、女子というには語弊《ごへい》がありましたね。亮士くんが目で追っているのは、女子というよりはおおかみさんです。

　亮士くんの視線の先で、りんごさんに応援《おうえん》されているのは体操着姿のおおかみさん。

　女子の体育はバスケットボールだったらしく、おおかみさんは跳《と》んだりはねたり走ったりしている。

基本的におおかみさんは揺《ゆ》れません。まったく揺れません。揺れるところがないですからね

……ああ、一カ所ありました。髪《かみ》の毛です。運動しやすいように後ろで縛《しば》った髪の毛は、揺れまくってます。

しかし亮士《りょうし》くんが見てるのは、ポニーテールと名のつく通り、馬のしっぽのように揺れまくってます。別に嫌《きら》いじゃないんですが、なにが好きかと言われたら亮士くんは脚《あし》が好きなのです。いや揺れるあれやそれがは二《に》の腕《うで》とか腹筋とかも筋肉の動きがわかって好きだったりしますが、一番は脚。ほかに

そう、おおかみさんは、脚がまぶしいのです。スラッと長くて引き締《し》まってて、動くと筋肉がこう躍動《やくどう》するわけです。

秋なので、ジャージを着た女子生徒が多いのですが、なぜかおおかみさんは短パンと体操着なので、色々見えるのです。

弾《はじ》ける若さ、きらめく汗《あせ》、躍動する生足《なまあし》。運動しているおおかみさんは、特におおかみさんの脚は輝《かがや》いてます。

運動するおおかみさんというのは、おおかみさんの魅力《みりょく》が存分に発揮されている状態でもあり、亮士くんの目は釘付《くぎづ》けです。

亮士くんがなぜか体育座りになってしまうのも無理ないでしょう。

「…………」

「…………」

「…………」

「…………」

そんな亮士くんの視線を追ったあと、しばらく無言だった浦島《うらしま》さんだったが、

「…………いい眺《なが》めだな」

「…………はいっス」

気がつけば亮士くんの隣《となり》で体育座りしていた。

いやいや、浦島さんも十分若いですよ。

とまあそんなわけで、亮士くんの素敵《すてき》な一日が始まりました。


授業合間の休憩《きゅうけい》時間、ただただ席に着いたまま微動《びどう》だにしていなかった亮士くんですが、

「だ　あ　り　ん♥」

「うひいっ!!」

そんな甘い声と共にいきなり後ろから抱《だ》きつかれ叫《さけ》んだ。

「はなれてっ離《はな》れてくださいっス!!」

「もう、そんなに嫌《いや》がらなくてもいいじゃない」

マチ子さんでした。

「ダーリンは、ウチのこと嫌《きら》い？」

「嫌いとかそういうんじゃないっスよ……」

「じゃあ好きなのね!!」

そう言ってマチ子さんはもう一度抱《だ》きつく。

なにがとは言いませんが……これは確実に当ててきてますね。おおかみさんでは逆立ちしたってできない芸当ですよ。

「ひー!!」

普段《ふだん》でもやばいですが、今はいつにも増してやばいのです。例えるならば、コップ一杯《いっぱい》まで入った液体が、表面張力でどうにかこぼれてない状態なのです。ちょっとした振動《しんどう》でこぼれてしまうのです。ギリギリなのです。

そんなギリギリ大ピンチの亮士《りょうし》くん。ですが、そのとき救世主が現れる。

「おっおまっなにしてやがる!!」

眉《まゆ》を逆立てたおおかみさんがたたたっと駆《か》け寄ってきたのだ。

「いや、ダーリンが一人で寂《さび》しそうにしてたから癒《いや》しを……」

年頃《としごろ》の男の子が女の子に後ろから抱きつかれたら、癒されるというより悶々《もんもん》としちゃいますよ。思春期なんですから。色々もてあます年齢《ねんれい》なんですから。

「ていうか、なんで休憩《きゅうけい》時間なのに椅子《いす》に座ってるの？」

「いや、その、これにはやむにやまれぬ事情がありまして……」

ただでさえ色々やばかったのに、今マチ子さんにとどめを刺《さ》されかけたんですよ。

「そっそれでなんの用っスか？」

亮士くんはもじもじしながらそう聞く。

「あら、なにか用がないと話しかけちゃいけないの？」

「いっいえ、そういうわけじゃないっスけど……」

「まあ、用はあるんだけどね………ダーリンと仲良くするという」

「ええっ!?」

亮士くん、遊ばれてますね……まあヘタレモードですし仕方ないかもしれませんが。

そのとき、おおかみさんがまたまた無理矢理割り込む。

「つーか、なんでダーリンとか言ってんだよ」

仲良さそうに話しているのを見て、なんかむかっと来たんでしょうね。焼《や》き餅《もち》ですね。

「あら、妬《や》いてるの？」

「ややや妬いてねーよ!!」

………どう見ても焼き餅ですよね。

「でも……なんだ、もう言わないとか言ってただろうが」

まあそれはともかく、おおかみさんのこのつっこみの通り、マチ子さんがダーリンと言うのは約束と違《ちが》うのです。涼子《りょうこ》、マチ子と呼び合う代わりにダーリンと言わないということになってたはずですからね。

そんなおおかみさんの追及《ついきゅう》に、マチ子さんはしれっと言った。

「いやね、やっぱりダーリンほどいい男ってそうそういないのよね。御伽祭《おとぎさい》で何人かとメアド交換《こうかん》したんだけど、やっぱどうにもねぇ。ねえ涼子、やっぱりダーリンちょうだいよ。半分でいいから」

そう言って、またまた亮士《りょうし》くんに抱《だ》きつき、マチ子さんはぐりぐりと胸を押しつける。マチ子さんの胸は大きいとまでは言いませんが、標準程度にはあるのです。皆無《かいむ》というか絶無なおおかみさんとは違うのです。

「うっひいい、あっ当たって……」

「当　て　て　ん　の　よ♥」

それを見て興奮したのは……焼《や》き餅《もち》を焼くおおかみさんをにやにや見ていたりんごさん。

「うおお、当ててんのよが出ましたの!!　当ててんのよがっ!!」

興奮し力が入ってしまったのか、ぐっと握《にぎ》り拳《こぶし》を作りガッツポーズしてるみたいになっている。

「ふふふ、涼子にはできないでしょう？」

「むぐぐぐぐ」

勝ち誇《ほこ》ったマチ子さんを見て、おおかみさんは真っ赤になってむぐぐ言う。

そんな亮士くんをそっちのけで盛り上がっているおおかみさんたちに、今にも消えてしまいそうなほどに儚《はかな》い声で亮士くんは言う。

「も……勘弁《かんべん》してくださいっス」

リア充的青春を味わってるんですから、少しぐらい我慢《がまん》しなさいよ、贅沢《ぜいたく》な。


お昼です。

そしてやっぱり亮士くんはギリギリです。

「…………」

「…………」

「…………」

御伽銀行地下本店で、おおかみさん、亮士くん、りんごさんが無言で覗《のぞ》き込んでいるのは、亮士くんのお弁当だった。

若人《わかと》さん手作りで、とってもおいしいお弁当は、亮士くんの昼の楽しみなんですが……

「ウナギだな……肝《きも》もあるな。国産か？」

「こっちはとろろとオクラですの？」

「牡蠣《かき》フライもあるっスね」

……今日は色々とひどいです。

「なんなんだ、このあからさまなメニューは」

「なんというか、ただ一つの目的に向けて一点突破《とっぱ》してますのね」

「なんか疲《つか》れた顔した若人《わかと》さんが、今日は寝坊《ねぼう》して残り物ばかりになっちゃったんだとか、申し訳なさそうに言ってましたっスけど」

若人さん、がんばりすぎで疲れてたんでしょうね。

「……たしかに昨日食べたっス。昨日はスッポンのスープもついてたんで、……身体《からだ》が熱くて寝つきが悪かったっス」

なんだか切なそうな顔をしてお弁当箱を覗《のぞ》き込む亮士《りょうし》くんに、おおかみさんはため息混じりに言った。

「……はぁ、仕方ねぇな。弁当分けるか」

「了解《りょうかい》ですの。あとでしっかり歯磨《はみが》きしてフリスクでも食べれば、匂《にお》いもどうにかなるでしょうし」

「……涼子《りょうこ》さん、赤井《あかい》さん」

感動でうるうるした瞳《ひとみ》で二人を見る亮士くん。

おおかみさんとりんごさんは、お弁当をかわりばんこに作って持ってきてます。買うとお金がかかりますからね。おおかみさんは普通《ふつう》の庶民《しょみん》ですし、りんごさんはいいとこのお嬢様《じょうさま》ですが、色々あってお金を貯《た》めてたので節約癖《へき》があったんですよ。まあ、今もその癖《くせ》は抜《ぬ》けきってないみたいですけど。安売りとか、在庫《ざいこ》一掃《いっそう》とか、お一人様何個までとか、出血大サービスとかいう言葉が大好きみたいですしね。

「で、今日のおかずはなんなんだ？」

「うっふっふっ、今日はですのね～」

どうやら今日はりんごさんの当番だったようで、じゃじゃじゃじゃ～んとりんごさんは大小二つのお弁当箱を取り出した。

両方ともかわいい柄《がら》入りで、間違《まちが》いなくりんごさんの趣味《しゅみ》です。おおかみさんも実は嫌《きら》いじゃないんですが、キャラ的に文句を言わないといけないので、色々文句を言ってて、でも強制的に排除《はいじょ》をしようとまではしてません。排除しない建前の理由は『せっかく買ったんだし、新しいのを買うのがもったいない』です。

あと、身体の大きさプラス日々の運動量の違いで、おおかみさんとりんごさんのお弁当箱の大きさは違います。おおかみさんのお弁当箱のほうが大きいのです。

最初の最初に亮士くんと食べたときは、大きなお弁当箱を恥《は》ずかしがったりもしてましたが、運動するから仕方ねーだろ!!　とかいう逆ギレしてからは、普通になりました。事実ですしね。

と、まあそれはともかく、

「これですの」

りんごさんがお弁当の蓋《ふた》をぱかっと開くと……おおかみさんと亮士《りょうし》くんは絶句ののち、どうにかこうにか言葉をひねり出した。

「……これはなんの冗談《じょうだん》だ？」

「……レバニラっスね」

女の子のかわいいお弁当箱の中身が、こってりこってりのレバニラ。

なにかがというか完全に間違《まちが》ってます。

「いえ、なんというか、無性に内臓が食べたくなるときがありませんの？」

「ねーよ。つーか内臓食べたくなるってどんなときだよ」

りんごさんは今話題の肉食系女子というやつなんでしょう。

もしくは亮士くんの絶望の表情を見て楽しんでみたかったのか。たぶん、その両方なんでしょう。

「だから、今日の朝起きたら、台所が臭《くさ》かったのか……朝から手間だっただろうに」

嫌《いや》がらせのためには労を惜《お》しまないりんごさん。さすがです、見習いたくはないですが。

「レバニラは、鉄分、亜鉛《あえん》、銅がたっぷりで美容にもいいんですのよ」

精力増進にも効きそうですしね。

「じゃあ、いただきましょうですの」

「……いただきます」

「…………いただきますっス」

こうして、亮士くんはまたエネルギーが過充電《じゆうでん》され、色々と危ないことになってしまうのでした。


その後もなんか色々ありまして放課後。

「いや、身体《からだ》が熱いですの……さすが竜宮《りゆうぐう》家に伝わるレシピは一味も二味も違いますのね」

「お前が馬鹿《ばか》なことするからだろうが……レバニラなかったらこうまでなってねーぞ」

顔がほてったりんごさんと、これまたほてったおおかみさん。

りんごさんのせいで分ける意味がなくなった感じでしたが、まあついでだしと三人でお弁当を分けっこした結果がこれです。

亮士くんのお弁当を少し食べただけでこれですよ。まあおおかみさんの言う通り、りんごさんが馬鹿やったせいでレバニラも食べましたから、そういう意味では自業自得《じごうじとく》ですが。

「……これは……涼子《りようこ》ちゃんで発散しないといけませんのね」

「なにをオレで発散するつもりだっ!!」

「んもう、わかってるくせに～」

と、おおかみさんに抱《だ》きつき、りんごさんはスリットから手を突《つ》っ込む。

「どこさわってやがるっ!!　……あっ」

なんだか敏感《びんかん》になっているらしいおおかみさんは、りんごさんに触《さわ》られて甘い声を出した。

「ん～今日は特別にいい声で鳴きますのね～」

……って、りんごさんなにやってるんですか。常日頃《つねひごろ》から思ってましたが、あなたは自由すぎますよ。いくらかわいいからって、許されることと許されないことがあるんですよ。主人公より先にヒロイン食べちゃうなんてありえませんよ。そんなんだといつか天罰《てんばつ》が……

「あんっ……って、調子に乗るなっ!!」

「きゃんっ」

……落ちましたね。

「痛いですの～」

「痛いですの～じゃねーよボケっ！　頭を冷やしやがれ!!」

真っ赤になって叫《さけ》ぶおおかみさんに、ゲンコツを食らって涙目《なみだめ》で頭を押さえているりんごさん。

まあ、なんというか……いつもの光景です。

ですが、今は二人だけしかいない自分たちの部屋ではなく、御伽《おとぎ》銀行地上支店にいるのです。

そんなわけで、美少女たちの戯《たわむ》れを見ている人がいました。

「…………ぐふぉ」

それが彼、鼻血を噴《ふ》く寸前といった様子の亮士《りょうし》くんです。

色々ぎりぎりな亮士くんが、おおかみさんの甘い声を聞いちゃったり、色っぽくほてった顔を見ちゃったりしたらもうたまりませんよね。美少女二人の絡《から》みを見せられたら、もう限界ですよね。

「涼子《りょうこ》さん……赤井《あかい》さん………色々やばいので今日は帰らせてくださいっス」

鼻を押さえつつ、亮士くんはどうにかそれだけを言う。

今日は一応、御伽銀行地上支店に詰《つ》める当番の日だったのですが、亮士くんは早々にギブアップしてしまいました。ただでさえあふれそうな状況《じょうきょう》だったのにもかかわらず、さらにエネルギーが補充《ほじゅう》されましたからね。さらにさらに、美少女二人の絡みも見せられましたからね。

そんな亮士くんに、りんごさんを殴《なぐ》って興奮が冷めたおおかみさんが「なんでだ？」なんて普通《ふつう》に聞いた。

いや、おおかみさんは悪気はまったくないんですよ。

ただおおかみさんはこういう話というか、男の生態には疎《うと》いのです。なので、仕方ないのかもしれません。

でも……知らないということを免罪符《めんざいふ》にするには、このおおかみさんの問いは残酷《ざんこく》すぎました。

そんなもの、亮士くんに答えられるわけないじゃないですか。

おおかみさんが生足《なまあし》見せつけたり、色っぽい顔したり、色っぽい声出したり、りんごさんと絡《から》んだりしたから、もうたまらんのですとか言ったらもう変態じゃないですか。

そうなったらもう、主人公失格ですよ。

「いやそれはその……」

というわけで、亮士《りょうし》くんが口ごもっていると、

「……ああ、なるほど」

りんごさんが今までに見たこともないような、優《やさ》しい天使の微笑《ほほえ》みを浮かべて言った。

「がんばってくださいの!! まあ男の子ですし、仕方ないですのよ!!」

「……」

亮士くんがナニ……じゃなかったなにをするために帰ろうとしているのかバレバレですね。

でもりんごさん、ここはスルーしてあげるのが思いやりってもんでしょうよ。デリケートなお年頃《としごろ》なんですから。

「……うう」

あっ、亮士くんがめそめそと泣き出しました。まあ、好きな娘《こ》の前ですしねぇ。プライドぼろぼろにもなるでしょうよ。

「あらあら……泣いちゃダメですのよ、男の子なんですから……」

そんな亮士くんを、りんごさんは慰《なぐさ》める。たしかにりんごさんの言う通りかもしれませんが、泣かせたあなたが言うことじゃないでしょう。

「……ほら、これをあげますから元気出してですの」

りんごさんは泣き出した亮士くんを慰めつつ、一枚の写真を取り出して見せた。

ぶっ
そして、亮士くんは写真を見て鼻血を噴《ふ》く。

りんごさん……あなたいったいどんな素敵《すてき》な写真を見せたんですか。亮士くんがとどめを刺《さ》されちゃってるじゃないですか。

おおかみさんは亮士くんとりんごさんの会話でようやく亮士くんの現状を理解し、しかしこのシモな展開についていけず、頬《ほほ》を染めつつおいおい白昼堂々なにやってんだ……なんて傍観《ぼうかん》してたんですが、

「……さすが涼子ちゃんのセクシー写真、効果抜群《ばつぐん》ですの」

この一言でいきなり当事者に。

「なっなに見せてやがる！」

おおかみさんはあわてて亮士くんから写真を奪《うば》い取る。

そこに写ってたのはおおかみさんの着替《が》えを隠《かく》し撮《と》った写真だった。絶妙《ぜつみょう》に色々隠《かく》れているが、それでもなかなかきわどい写真だ。

「だ〜〜〜っ!!」

おおかみさんは叫《さけ》びながらそれをびりびりと破き、亮士くんとりんごさんはショックを受け

る。

「ああっ!!」

「なんてことをっ!?」

ちなみになんてことをっ!? のほうがりんごさんです。

「なんてことをじゃねーよっ!!」

叫《さけ》ぶおおかみさんは、りんごさんに詰《つ》め寄り……しかし、りんごさんのこの言葉で固まった。

「涼子《りょうこ》ちゃんは森野《もりの》君が涼子ちゃん以外をおかずにして抜《ぬ》いちゃってもいいんですのっ!?」

……………いやもう今更《いまさら》かもしれませんが、そのかわいいお顔で抜くとか言うのはやめてください。抜くという直接的な表現におおかみさんは真っ赤になってますよ。それにしても、おおかみさんは初心《うぶ》ですね……りんごさんがスレすぎてるのかもしれませんが。

「なっ……なにを……」

「なにをじゃないですのよ。男の子なんですから、そういうことをするのも仕方ないことなんですのよ?」

「いやでもな……その…………なんというか……」

おおかみさんの頭の中はパニックになっている。亮士くんがエロ本で~というのはなんか嫌《いや》だけど、自分の写真でというのもこれはこれで……なんというか…………恥《は》ずかしい。でも……ほかの写真でやられるよりは……いやいやなにを考えているオレ!! と、堂々巡《どうどうめぐ》りに。

りんごさん、パニくってなにも言えなくなってるおおかみさんを見習ってください。これがラブコメでのヒロインの正しい反応でしょうよ。

「涼子ちゃん……この世はきれい事だけじゃすまないんですのよ。若い森野君が性欲をもてますのは当然のことですの。そしてそれを発散することも。少女漫画《まんが》のヒーローだって、裏ではヤることヤってんですのよ？　そう、雪女《ゆきめ》さんの書いたあのヒーローたちも、裏ではヤりまくりなんですのよっ!!」

「なっ!?」

おおかみさんはその言葉にがーんとショックを受ける。

おおかみさんは雪女さんの書くベタ甘な少女小説を愛読しているのです。ヒロインとヒーローの恋模様を、ドキドキキュンキュンしながら読んでいるのです。

「……そっそうなのか？」

「あったり前ですの!!　男の子なんですからっ!!」

「……そう……なのか」

深刻な顔でよろよろするおおかみさん。おおかみさんは今、少女の殻《から》を破り、少しだけ大人の階段を上ってしまったようです。

「そうなのか……」

おおかみさんは実はそういう話に疎《うと》かったりします。中一の途中《とちゅう》からりんごさん以外との人間関係を切ってましたからね。その手の話に関してはりんごさんが主な情報源になっていたので、色々と偏《かたよ》ってるのです。というか、りんごさんがおおかみさんに渡《わた》す情報を選別していたので、それ系の知識は中一の時点のままで、ある意味夢見る少女のまま成長してしまったのです。

以前、亮士《りょうし》くんがおっぱいおっぱいと言いながら踊《おど》り狂《くる》ってたのを、おおかみさんに目撃《もくげき》されて無視られていたときに、雪女《ゆきめ》さんからかかってきた電話で、『涼子《りょうこ》ちゃんってば少し潔《けっ》癖症《ぺきしょう》気味というか、夢見る少女的なところがあるので……』と言ってましたが、いったいどの口で言ってるんだって感じですよね。あなたが元凶《げんきょう》じゃないですか。

ただりんごさんは、最近はというか亮士くんと出会ってからは考えを改めつつあります。もう存分に乙女《おとめ》なおおかみさんを楽しんだし、歳《とし》のわりには初心《うぶ》という感じになって見ていて楽しいし、強気なキャラのわりにはあまりそういうことを知らなくて耐性《たいせい》もないというギャップのあるキャラになりましたし、なにより亮士くんという気になる相手がいるので、そういうことを教えるといい反応をしてくれるのです。りんごさんは、そろそろ収穫《しゅうかく》時かなということで路線変更《へんこう》して、最近はおおかみさんに色々と教え始めているのです。

………おおかみさんってりんごさんに人生をもてあそばれてますよね。

「そうですのよ!!」

というわけでまあ、りんごさんは断言をする。

「ていうか、この年頃《としごろ》でそういうことしないのは、彼女持ちでヤりまくってる浦島《うらしま》さんとかそんな感じの人か、〇〇〇な人くらいですのよっ!!」

　浦島さんはムダ撃《う》ちしてないというか、ムダ撃ちできそうにないですよね。命に関《かか》わりますし。あと、伏《ふ》せ字《じ》になるような言葉はマジ慎《つつし》んでください。E〇とかまでなら許せる感じがするので、そう言うか、もう少しソフトに言い換《か》えてください。

「だから森野《もりの》君は正常なんですの!!　そう考えたら、ある意味喜ばしいことでもあるんですのよ？　将来のことを考えると!!」

　いやまあたしかに……男から性欲がなくなったら人類は滅《ほろ》びますからね。

　それにしてもりんごさん、絶好調です。

「だからほら、涼子ちゃんも!!」

　そんな男心に理解がありすぎるりんごさんに丸め込まれ、おおかみさんは頬《ほほ》を染め、そっぽを向きながらも、そこはかとなく優《やさ》しさを感じさせる声音《こわね》で言った。

「ああ……なんだ……まあ、がんばってくれ」

　そんな未《いま》だかつてないくらいに優しさあふれてるおおかみさんの態度に、亮士くんはぷるぷる震《ふる》え出し……

「……………………………うっうわ〜〜〜〜〜〜〜〜〜〜!!」

　泣きながら走り去りました。好きな女の子に、ナニがとは言いませんが、がんばってと優しく言われたらこうなるのも仕方ありません。

こうして亮士《りょうし》くんの思い出ノートに、超弩級《ちょうどきゅう》の黒歴史がまた一枚追加されました。

いやあ、若さって本当に悲しいものですね。

「うぷぷぷぷ」

そして、りんごさんは外道《げどう》です。


「うわ〜〜〜〜〜〜!!」

なんか色々あふれ出る感情を抑《おさ》えきれず、涙《なみだ》と声を垂《た》れ流しながら走っていた亮士くんだったが……

「きゃっ」

「あっすいませんっス」

涙で視界がにじんでいたために、歩いていた女子生徒とぶつかってしまう。

「……いえ、こちらこそ……あら？」

「あ……木崎《きざき》さんじゃないっスか」

亮士くんの目の前でしりもちをついているのは、黒髪《かみ》が素敵《すてき》なかなりの美人さんだった。

育ちがよさそうな雰囲気《ふんいき》を持ったお嬢《じょう》さんですが、実はこの木崎さんというのは育児放棄《ほうき》されて愛されず、誰《だれ》にも見てもらえなかったという不幸な生《お》い立《た》ちの持ち主です。そのため誰かに見て欲しいという願望が生まれ……なぜか仮面をつけてストリーキングをするようになり、それを亮士くんたちに見つかり、その後、乙姫《おとひめ》さんの英才教育で誰もが視線を向けるような美人さんになったのです。

「はい、お久しぶりです」

木崎さんはにこっと笑う。うーん、さすが乙姫さんのお弟子《でし》さんだけあって、見られることを意識した、見るだけで人間を幸せにしてしまうような、すばらしい笑顔《えがお》です。

しかも、しりもちをついている木崎さんですが……亮士くんの方向に足を向け、スカートも少しだけめくれ……でも脚《あし》が邪魔《じゃま》になり、その奥がギリギリ見えそうで見えないという、すばらしくももどかしい状況《じょうきょう》になってます。

…………いやマジ、乙姫さんのお弟子さんだけありますね。完璧《かんぺき》です。口うるさいPTAのおばさまたちだって口は挟《はさ》めません、R18とかR15をつける必要もありません。なぜなら見えてないんですから。

亮士くんの視界までも予想し、どの格好でどの角度から見られたらどこまで見えるかを完全に把握《はあく》してないと、ここまでのチラリズムは発揮できませんよ。

そんなギリギリな木崎さんに、亮士くんは思わず鼻血を出しかける。

木崎さんもギリギリですが、亮士くんもギリギリなんですよ。

今の亮士くんの状態はアレです。砂場でやる棒倒《ぼうたお》しで周りの砂をほとんど取られて、あれ、これなんで立ってるの？　てゆうかちょっと触《さわ》っただけで絶対倒れるじゃんって状態なのです。

ギリギリなんですよ。

そんなギリギリ亮士《りょうし》くんは、どうにか鼻を手で押さえ鼻血を押さえ込み、謝りながら走り去った。

「すいませんっス、マジすいませんっス〜〜〜」

女の子とぶつかって倒《たお》れさせ、なのに立ち上がるときに手を貸さないなんて、実にジェントルメンじゃないですが、大目に見てあげてください。何度も言うように亮士くんはギリギリなのです。この状況《じょうきょう》で女の子の手を握《にぎ》るとかしたら、色々噴《ふ》き出しちゃうんですよ。

でもまあ、おかげで亮士くんは、見られた快感でゾクゾクしつつ、いい仕事したなぁという満足げな顔した木崎《きざき》さんを見ることがなかったので、ある意味幸いだったでしょう。

見てたら『女って、女って……』と女性不信になってたかもしれませんからね。

……………今更《いまさら》かもしれませんが。

木崎さんと別れたあとも、亮士くんは全力疾走《しっそう》していた。

何度も言うように、やんごとなき理由で早く家に帰りたいのだ。

もう亮士くんはギリギリなのだ。

しかし、そんな亮士くんを阻《はば》むいくつもの影《かげ》が!!

「「きゃ〜〜〜」」

今は御伽《おとぎ》学園内に存在する、ビル風でパンチラが多発する道、通称パンチラロードを走っているのですが、案《あん》の定《じょう》パンチラに遭遇《そうぐう》……いや、違《ちが》いますね。パンチラは少しだけで、残りは見えそうで見えない感じでした。チラリズムでした。

御伽学園の構造上、出るときにはここを通らないといけないのだが、なぜか不自然に女の子の数が多い気がする。今日に限って男女比が女性に傾《かたむ》いているのだ。

「きゃー」

あっまためくれました。

「煩悩《ぼんのう》退散煩悩退散、神様仏様……」

亮士くんはいつの間にか、妙《みょう》なお経のようなものを唱えながら走っている。

ですが、仕方ありませんよ。人は限界ギリギリの状態に陥《おちい》ると神に祈《いの》ってしまうのです。授業中や電車の中で腹痛に見舞《ま》われたときとか、悪さしませんから、いい子にしますから、今後は真っ当に生きますから、だからこれどうにかしてください、どうにかトイレまで持たせてくださいと祈るのです。人は本当のピンチになると信じてもいない神に祈るのです。

まあ日本は八百万《やおよろず》の神がいる国なので、もしかしたらその内の何柱《なんばしら》かの神が願いを聞き届けてくれるかもしれませんし、ムダではないのかもしれません。

「なんの神様でもいいんで、おれに力をっ!!」

ただ亮士くん、神頼《だの》みする前に気配を消したらいいんじゃないですか？

限界ギリギリ、いっぱいいっぱいで錯乱《さくらん》中の亮士《りょうし》くんは、そのことに思い至れないようですが。

というわけで、この天国……じゃなかった、地獄《じごく》から抜《ぬ》けるために、亮士くんは一心不乱に走り続ける。

おかげで、亮士くんは通り過ぎたあとに交《か》わされるこんな会話は聞こえていない。

「祐子《ゆうこ》、今のは見えてたわよ？」

「えーほんとですか？　師匠《ししょう》の言うように見えそうで見えないってやつは、難しいなぁ」

「精進《しょうじん》あるのみよ。まずは鏡とかで、どの角度ならどこまで見えるかを調べておかないと。スカートの長さも、自分の身長も、相手の目線の高さも、そのときの太陽の位置も、みんな違《ちが》うんだから」

「見せれば見せるほど価値が下がっていくんだからね」

「たしかにグラビアアイドルは、売れたら肌《はだ》を見せなくなるわよね」

「そう、切り札はここぞというときに使わないと。肌を見せない女優は、映画とかでちょっと肌見せるだけで話題になるのよ」

「限定何個～とかついてるほうが、価値があるように感じられるしね」

「んでもって、好きな人の前でその人だけにちらっと見せて、視線を奪《うば》ってこうよ。『……えっち』。顔を赤くして上目遣《うわめづか》いで恥《は》ずかしそうに睨《にら》むのがポイントね」

「おおー、今の顔よかったわ。女のあたしがむらっときたもん」

「むむむ、その妙技《みようぎ》、いつかは会得《えとく》したいものです」

相変わらず御伽《おとぎ》学園の女生徒——というか乙姫《おとひめ》さんのお弟子《でし》さんたちはたくましいですね。

「つっ、ついたっス」

満身創痍《そうい》というか、ラブコメ主人公的ラッキースケベなシチュエーションに煩悩《ぼんのう》を刺激《しげき》されまくられ、色々な意味で限界な亮士くんはようやく自分の家にたどり着いた。

今の亮士くんはあれなんですよ。ジェンガで高く高く積み上がった状態なんです。もうどこを抜《ぬ》いても倒《たお》れてしまうんじゃないかという状況《じようきよう》になってます。危なっかしくて触《ふ》れられないくらい。この状況で抜いて上に積み重ねろとかあり得ない感じなんですよ。もう本当にギリギリなのです。

ですが、もう大丈夫《だいじようぶ》。なぜなら家に着いたから。

というわけで、なにがとは言いませんががんばるぞーと、自らの住処《すみか》であるおかし荘《そう》の二階に上がっていくと、なぜか自分の部屋の前に……

「おう帰ったか」

……雪女《ゆきめ》さんがいました。

「えっと、ただいまっス……でもなんでここにいるんっスか？」

「りんごから連絡《れんらく》があってな……ちょっと後ろを向け」

「え？」

「いいから向け」

雪女《ゆきめ》さんには逆らえない亮士《りょうし》くんが言われるがままに後ろを向くと、雪女さんは亮士くんの手を取り……

ガチャン
亮士くんの手になにかをはめる。

「なっ!?　なんスかこれっ!?」

「手錠《てじょう》だ」

「なっなんで手錠なんかするんっスか!!」

「いやな、明日のための準備だ」

「ななんで!!」

「だってな、すっきりしたあとの賢者《けんじゃ》状態だったら、涼子《りょうこ》を選んで当然だろう？　悶々《もんもん》とした性欲に支配された状態で、それでも真昼《まひる》じゃなくて涼子を選んでこそ、真昼に男にもこんなやつがいるんだと思わせることができるわけだ」

理屈《りくつ》的には間違《まちが》ってない気もしますが……だからといって、それを認められる状態じゃない亮士くん。何度も何度も言うように、マジでギリギリなんですよ。

ロシアンルーレットで五回引き金を引いたのに弾《たま》が出なくて、しかも自分の番が回ってきたような状態なんですよ。いやいや、装弾《そうだん》数六発じゃん、次に引き金引いたら弾出るじゃん、おれ死ぬじゃんって状況《じょうきょう》なんですよ。発射寸前なのです。

「トイレはっ⁉　トイレはどうするんっスかっ⁉」

「がんばればパンツぐらい脱《ぬ》げるだろ、後ろ手に回されてるとはいえ動くんだし。的を外すかもしれないと思うなら、シャワーの所でしろ」

おかし荘《そう》の各部屋には湯船はありませんが、シャワールームはあるのです。湯船につかりたいときは、雪女さんたちの住んでる本邸《ほんてい》で入ります。そのバスルームは大きくて、何人も入れるのです。

「大はっ⁉　大きいやつがしたくなったらどうするんっスかっ⁉」

亮士くんの目を見ずに雪女さんは言いました。

「………がんばれ、お前ならできる。お前ならズボンも脱げるし、後ろから自分で拭《ふ》ける」

「ひっひどすぎるっス‼」

現在進行形で亮士くんの人権が蹂躙《じゅうりん》されまくってます。

「あーまあ、どうしても無理そうなら連絡しろ、少しの間だけ外してやるから」

「少し……」

この分だと、トイレから出てくるまで雪女さんは待ってそうで、さすがにそんな状況で事に及《およ》べるわけもありません。

「それに連絡《れんらく》って言われても……」

たしかに、どうやって連絡するんですかって感じですよね。後ろ手で携帯《けいたい》操作なんてマネは亮士《りょうし》くんにできませんよ。あ、これは慣用句の途方《とほう》に暮れるという意味のほうで、実際には頭を抱《かか》える亮士くん。手錠《てじょう》つけられてますしね。

頭を抱えてません。最初から破綻《はたん》してますよ。

「あーうーあー」

ともかく、つっこむところが多すぎて、亮士くんはなにから言えばいいのかわからなくなってしまう。

「じゃっじゃあ……携帯もっスけど、その……ああそうっス!! 食事はっ!! 食事はどうするんっスかっ!?」

「……食事か。そうだな……飯は猫《ねこ》まんま的なものを部屋に運んでやるから、それを食え」

これは手を使わずに、いわゆる犬食いをしろということでしょうか。

「今のお前をほかの女に会わせたらすごい目で見そうだからな」

いや、たしかにいつも通り皆《みな》で集まって食べたりしたら、今の限界ギリギリな亮士くんはマチ子さんやらグレーテルさんやらを、そういう目で見てしまって、それを白鳥《しらとり》さんに見られたらすべてがご破算ということになるかもしれませんからね。

「実際、あたしのこともすごい目で見てるからな、お前」

「見てないッス!!　気のせいッス!!　雪女《ゆきめ》さんは年齢《ねんれい》的におれのストライクゾーンの外ッスし、それは雪女さんの自意識過剰《かじょう》ッぐはぁ」

思わず口を滑《すべ》らせた亮士くんの脳天に、チョップが炸裂《さくれつ》する。手錠をはめられてたのでこのチョップは回避《かいひ》不可能技《わざ》でした。

でもたしかに、これは亮士くんの言い分のほうが正しそうです。そもそも雪女さんに魂《たましい》レベルで完全に服従しきっている亮士くんですから、そんな目で雪女さんを見れるわけがありません。

それくらい、子供のときのことをすべて知られているというのは弱みなんですよ。

ですが、亮士くんは自分の尊厳をかけて、逆らえないはずの雪女さんに逆らいます。

「そっ……それに、そんなの、おれだけ時間をずらせばいいじゃないっスか!!」

おお、これもまた正論です。雪女さんはいったいどう返すのか……

「そんなことしたら、二度手間だろうが。ただでさえ若人《わかと》は疲《つか》れてるんだぞ?　それに一人でわびしく飯食ってるお前なんか見ちまったら、あまりの切なさに若人のテンションが下がって夜に影響《えいきょう》しそうだしな。……いやむしろ、飯抜《ぬ》くか?　空腹状態にしたほうが、より野生の本能を呼び覚ましそうだし……」

……………………これはひどい。

あまりにも自己中で優《やさ》しさのない考え。そもそも若人《わかと》さんが疲《つか》れてるのは、雪女《ゆきめ》さんが原因じゃないですか。

そりゃ亮士《りょうし》くんも真顔で、

「なん……だと……？」

と言っちゃいますよ。

「ん～……まあいいか。じゃあな、気が向いたら飯持ってきてやるよ」

「ちょ――っ!?」

雪女さんは哀《あわ》れなその声を無視して部屋の中に亮士くんを押し込むと、無情にも扉《とびら》を閉めた。

そして、雪女さんは本邸《ほんてい》に向かいながら、携帯《けいたい》でどこかに電話をかけ始める。

「…………おう、りんご。計画通り手錠《てじょう》つけて隔離《かくり》したぞ」

電話のお相手はりんごさんみたいですね。

『それはよかったですの』

「半泣きだったけどな」

『まあ、うれし恥《は》ずかしの、エッチでラッキースケベなハプニングにたくさん遭遇《そうぐう》できたんですから、そのくらいは我慢《がまん》してもらわないと。ちなみに協力してもらったのは、乙姫《おとひめ》さんとそのお弟子《でし》さんたちですの』

「あいつか……あいつはすごいな。教えてもらった秘蔵のレシピもかなり効いて、若人がすごく元気になったぞ。今度ゆっくり話して色々教わりたいもんだ」

『わかりましたの。今度暇《ひま》のあるときにでも、機会を設けますの』

「頼《たの》む」

まあ、雪女さんも若人さんももうそろそろ大台に乗っちゃいますからね。

特に若人さんはそろそろ、エロゲーやるときにエロシーンを飛ばすようになるお年頃《としごろ》ですよ。

エロゲーのエロシーンを飛ばすとか、あり得ませんよね。その行動に気がついたときに愕然《がくぜん》としましたよ。まあ、誰《だれ》のことかは言いませんが。……言いませんが!!

『ほかには、涼子《りょうこ》ちゃんと私のジャージがなぜかすべて洗濯《せんたく》してあって、しかも乾《かわ》いてなかったりもしましたの。おかげで涼子ちゃんが秋なのに夏の装《よそお》いで生足《なまあし》をさらすことに』

「そりゃあ、亮士的にはたまらんな」

『あとは森野《もりの》君のお弁当と私の作ったレバニラ食べて、ほてった涼子ちゃんと私のR15なレズプレイを目の前で見ちゃったり』

不自然なまでにうれし恥ずかしな出来事があったのは、りんごさんが暗躍《あんやく》してたんですね。

おおかみさんが生足さらしてたり、チラリズム攻撃《こうげき》受けたりしたのは、すべて、亮士くんの煩《ぼん》悩《のう》を攻撃するためだったんですね。レズプレイはどう考えてもりんごさんの趣味《しゅみ》にしか思えませんが。

『おかげでもう、森野君はビンビンでギラギラですのよ』

だからりんごさん、そのかわいいお口でビンビンとか言わない。

『どうせなら、とことんまで野獣《やじゅう》になった状態で、涼子《りょうこ》ちゃんを選んだほうが白鳥《しらとり》さん的にはインパクトがあるでしょうから、ちょっと張り切っちゃいましたの』

ちょっとどころじゃありませんよ。オオカミさんシリーズは女の子の読者も多いんですから、もう少し自重してくださいよ。お願いですから。

「まあ、あの容姿だから、そんなギラギラした目で見られまくってたんだろうからな。そんな目をしたやつに完全に無視られるというのは、ある意味衝撃《しょうげき》だろう」

『そうですのよ』

「……じゃあ、そういうことだ。また明日な」

『はい、また明日ですの』

こうしたことがあり、一つ前の白鳥《しらとり》さんのお話のクライマックスに続くわけです。

そして、亮士《りょうし》くんに幸《さち》あれ。

おしまい

おっぱい三人衆を知っていますか？

この頃、恒例となってきたキャラクター紹介企画。今回はかの有名な(?)おっぱい三人衆です。皆さん、興味がないかもしれませんが……。桃ちゃん先輩のおっぱいという二つのきび団子にひかれ、終生下僕を誓い合った仲だとか、そうでないとか。ちなみに「おっぱいサミット」という頭が悪い会議の主要メンバーらしいです。

おおかみさん家なき子な魔女《まじょ》さんとアブノーマル兄妹《きょうだい》の痴話《ちわ》喧嘩《げんか》に巻き込まれる

ボッカ〜〜〜〜ン

「ヨ〜〜〜〜〜〜〜〜〜〜〜〜〜〜〜〜〜〜〜〜!!」

真夜中、寮《りょう》やマンションなどが建ち並ぶベッドタウンに特徴《とくちょう》的というか奇妙《きみょう》なというか、まあ変な声が響《ひび》いた。………悲鳴なんですかね?

そんなわけで、真夜中にこんな大きな音が鳴ると、起きることは決まってます。

ということでダイジェスト風味にいきましょう。

パッパパパッパッ　↑周囲の部屋や家の電気がついた

ウォンウォンウォンウォン　↑どっかの犬が吠《ほ》えた

「うるせーぞっ!!」↑誰《だれ》かが叫《さけ》んだ

ウーウーウーウー　↑消防車登場

「おっおかあさ〜ん」↑誰かがパニックを起こした

「ねえ、なにが起こったの?」↑野次馬《やじうま》登場

「さあ」↑野次馬2登場

なんかもう大騒《さわ》ぎです。

そんでもって、爆発《ばくはつ》の大元である御伽《おとぎ》学園女子寮では、

「なにやってるの!!」↑寮長さん

「ごっごめんなさいヨー……って、ドア開けちゃダメヨ～」↑皆《みな》さんおなじみのアホな子

「なに言ってるの!!　いいから開けなさ…………って、なにこの煙《けむり》はっ!!」↑寮長さん

「げほっげほっ」↑様子を見に来た女生徒A

「目がー目がー」↑驚《おどろ》いて部屋から出てきた女生徒B

「なんでスプリンクラー作動しないのよ!!」↑寮長さん

「あー、邪魔《じゃま》だからちょっといじっちゃったヨー」↑やっぱり皆さんおなじみのアホな子

「こっこんなアホな子見たことないわ～～～～～～っ!!」↑寮長さん

……と、まあそんな大騒ぎから今回の物語は始まりです。

どこぞのベッドタウンで愉快《ゆかい》……じゃなくて不幸な事故が起きた翌日。

「お家《うち》がなくなっちゃったヨー」

御伽銀行地下本店に、その見事な金髪《きんぱつ》をアフロにして、今時物語の中での典型的な泥棒《どろぼう》ですら使わなくなったような、唐草《からくさ》模様の風呂敷《ふろしき》を背負った魔女さんがいた。

「まあまあ、それは大変です」

そう言いつつ世話焼きメイドなおつうさんは魔女《まじょ》さんを椅子《いす》に座らせると、アフロに櫛《くし》を通し始める。

今ここには御伽《おとぎ》銀行メンバーが珍《めずら》しく全員集合しているんですが、細かいことを気にしないおつうさんはともかく、ほかの人はそうはいかないので、いきなりお家《うち》がなくなったとか言われてもと、詳《くわ》しいことを聞くことにする。

「かくかくしかじかなんだヨ～」

そして、話を聞いたあと、頭取《とうどり》さんがまとめるように言った。

「……要するに、変な実験して寮《りょう》を追い出されたと？」

「そうだヨー、お願いだからどっかに行ってくれって泣きながら言われたヨー」

……今までに何度も迷惑《めいわく》かけてきたんでしょうね。

「…………まあ、わかりました。それで住む場所の当てはあるのですか？」

困ったものだとこめかみを押さえつつ、アリスさんが言った。

「ないヨー」

「学園長には言ったのですか？」

「洋燈《ランプ》のじーちゃんにかヨー、あいつなんかむかつくヨー」

「いや、でも魔女君のこの街での保護者は学園長だよね？」

「でもやっぱりむかつくヨー、あいつエロいヨー」

「まあ、少しの間ならここに住んでもいいけど……一応寝《ね》る場所もシャワーもトイレもあるし、食事は鶴ヶ谷《つるがや》君がどうにかしてくれるだろう？」

この地下秘密基地は、学園長の財力と悪ノリのために、ものすごく豪華《ごうか》なことになってるんですよね。電気水道ガスすべてが通ってて、仮眠《かみん》室まであるのです。

「しかし、ずっと住むわけにはいきませんよね」

「そうだねぇ……？」

アリスさんの言葉に頭取さんは少し考え込んだあと、ふとなにかを思いついたのかいつも通り浦島《うらしま》さんとぺったりくっついている乙姫《おとひめ》さんに話を振《ふ》った。

「そうだ、竜宮《りゅうぐう》君のところのマンションは？」

乙姫さん家《ち》はお金持ちで、賃貸マンションのビルなども持ってるんですよね。なのでそこをお友達価格で借りれない？　ということなんでしょうが、

「あいにく空きがありませんで……ああ!!　わたくしが太郎《たろう》様と住めば一部屋空きま……」

「いやあ空いてないのですか、それは残念だなぁ!!　ほんと残念だなぁ!!　魔女さんほどの美少女と一つ屋根の下で暮らす機会を逃《のが》すとは、この浦島慚愧《ざんき》の念にたえませんよ!!」

……らしいです。

「…………」

「…………」

「太郎様、こちらに」

「……はい、わかりました」

ここで乙姫《おとひめ》さんと浦島《うらしま》さんカップルが退場しました。

これから二人の間でなにが行われるかですが、まあナニが行われるわけです。床上手《とこ》な乙姫さんは、浦島さんから色々吸い取って灰にしちゃうのです。乙姫さん流のお仕置きなのです。

色々な意味で一緒《いっしょ》に住むのはまずい……というのが今の浦島さんの反応なんでしょうが、露骨《ろこつ》すぎましたね。

そんなこんなで、

「いやいやどうするかなぁ、やっぱり学園長に聞くべきなんだけどねぇ？　ほかの寮《りょう》に入るにしても賃貸マンションやアパート借りるにしても、どうせ学園長に話を通すんだし……？」

なんて頭取さんがぶつぶつつぶやいていると、おおかみさんが聞いた。

「魔女先輩《まじょせんぱい》と学園長ってなにか縁《えん》があるのか？」

「うん、そうだよ？　彼女の両親が学園長と知り合いでね？　その縁から魔女君はこの学園に来たわけ？」

「へー、そうなのか」

「というわけで学園長に言うだけで問題は一瞬《いっしゅん》で解決するんだろうけど……？」

「あいつ、いやヨー」

「……となるわけだね？」

……学園長、嫌《きら》われてますねー。まあ、金持ちなエロ爺《じじい》なんて嫌われる要素しかないわけですが。いや、一応犯罪は犯《おか》してないんですよ？　なんか女の子の足元を見つつ、女の子をはべらせてるだけで…………こう書いてるとただの屑《くず》ですが、この学園のため、この街のために色々尽力《じんりょく》してるんですよ。この街が学生にとって過ごしやすい楽園なのは、この爺のおかげなのです。嘘《うそ》じゃありません。

「じゃあ、おれが雪女《ゆきめ》さんに聞いてみましょうっスか？」

「……なるほど、森野《もりの》君の住んでる下宿はまだ部屋の空きがあったんだよね？」

「はいっス。ずっと住むかどうかは別としても、すぐ住めるだけの家具とかはあるっスし、不自由しないと思うっスけど」

「じゃあ聞いてもらえるかい？　こっちは学園長に話を通しておくから……？」

と、こんなことがあり、亮士《りょうし》くんが雪女さんに許可を取ったあと、魔女さんはおかし荘《そう》にやって来ていた。

雪女さん夫婦《ふうふ》の営むおかし荘は採算度外視で、ほとんど趣味《しゅみ》でやっているような下宿なので、雪女さんは気に入った人間しか住まわせない。だが、亮士くんに言われたし、前にマチ子さんが引っ越《こ》してきたときに雪女《ゆきめ》さんは魔女《まじょ》さんと会ってたので、すんなりと話はまとまりました。

「よろしくお願いしますヨー」

頭を下げる相変わらずアフロで風呂敷《ふろしき》な魔女さん。おつうさんに梳《と》かしてもらったハズなんですが、どうやら元《もと》には戻らなかったようです。

そんな愉快《ゆかい》な魔女さんに、雪女さんは禁煙《きんえん》パイプをくわえつつ説明する。

「おう、エロ爺《じじい》からも連絡《れんらく》が来た。次の住処《すみか》が決まるまで好きに住むといい。家賃のほうはエロ爺が出してくれるそうだ」

エロ爺エロ爺とこの街一番の権力者を呼び捨てにしてますが、雪女さんは御伽《おとぎ》学園、しかも御伽学園学生相互《そうご》扶助《ふじょ》協会のOGで、学園長と面識があるのです。

「決まり事はまあ色々あるが、他人に迷惑《めいわく》をかけなけりゃいい。これだけは守れというルールは、飯は皆《みな》でとることだ。なにか用があって食事がいらないときは連絡《れんらく》しろ。ああ、部屋にシャワーがついてるが、湯船はない。風呂につかりたいときはうちまでこい」

おかし荘《そう》と雪女さん家《ち》は渡《わた》り廊下《ろうか》で繋《つな》がっていて、簡単に往《ゆ》き来《き》できるようになっているのだ。ご飯も雪女さんの住む本邸《ほんてい》で食べている。

「了解《りょうかい》ですヨー」

「ほれ、これが鍵《かぎ》だ。八号室な」

「ハイですヨー」

魔女さんはぺこりと頭を下げ、

「じゃ、部屋に案内するっスよ」

なんて言う亮士《りようし》くんに連れられ部屋に向かう途中《とちゆう》で、亮士くんの飼《か》い犬《いぬ》であるエリザベスとフランソワに遭遇《そうぐう》する。

「おお、犬ー！　久しぶりヨー!!」

一応、前に会ってるので、魔女さんは走り寄ろうとし……

「ウォンウォンッ!!」

「ウォンッ!!」

しかし、思いっきり吠《ほ》えられる。

「なっなにヨー!!」

まあなんというか……そんな感じのイメージですよね。

吠えられた魔女さんは、少しひるんだのち、

「ウォンウォンッ!!　ウォンッ!!」

……四つんばいになって、犬に対抗《たいこう》する。

そんな魔女さんを見て、禁煙パイプをくわえた雪女さんは言った。

「……おもしろいやつだな」

少女小説を書いてたりする雪女さんは、ネタになりそうなおもしろい人は大歓迎《かんげい》なのです。

「いやまあ、あはは……」

こうしておかし荘に魔女《そうまじょ》さんがやって来たのですが、魔女さんは魔女さんなりに反省してたのか、特に問題を起こすことはなく……しかし別のところで問題が発生しました。

魔女さんがアフロになってというか、おかし荘に入居してから何日か経《た》った頃《ころ》、とある女生徒が御伽《おとぎ》銀行にやってきました。

ぴんと伸《の》びた背筋、知的な瞳《ひとみ》、クールな雰囲気《ふんいき》、少女を過ぎ女性へとほぼ脱皮《だっぴ》を遂《と》げたそのスタイル。そんな魅惑《みわく》的な身体《からだ》を包むのは、どこかドイツの民族衣装《いしょう》を彷彿《ほうふつ》とさせる改造制服。

だが、身体の前に垂《た》らした三つ編みが少女の雰囲気をわずかに残していて、大人でも少女でもないというアンバランスな魅力を醸《かも》し出している。

そんな、御伽銀行が誇《ほこ》るデキる女、アリスさんと比べてもなんら遜色《そんしょく》がないほどのキャリアウーマン的雰囲気をまとったその女性は、

「あらグレーテル先輩《せんぱい》、お久しぶりですの」

御伽学園生徒会書記であるグレーテルさんだった。

「……失礼します」

グレーテルさんは相変わらず無表情のまま、御伽銀行地上支店に入ってくる。

このグレーテルさんは常に無表情で、笑顔《えがお》は兄であるヘンゼルさん以外には見せない。

なので、いつもならこの無表情もスルーするところなのだが……今日は無表情にもかかわらず、なぜかいらだっているように見えたので、りんごさんはおそるおそる聞いた。

「ええと……最近は依頼《いらい》を受けてなかったと思いますけど……なにか問題でもありましたでしようですの？」

そんなことを聞いてしまうくらい、グレーテルさんの雰囲気はやばかったのだ。

りんごさんの問いに、グレーテルさんは静かに答える。

「……………………あの泥棒猫《どろぼうねこ》をどうにかしてください」

グレーテルさんの返事は予想外のものだった。

「泥棒猫……」

「……っスか」

交渉事《こうしょうごと》はりんごさんの仕事だしと、初めは我関せずだったおおかみさんに亮士《りょうし》くんだったが、ここで思わず口を挟《はさ》んだ。

まあ泥棒猫なんて、そうそう聞く単語じゃないですよね。どこの昼ドラですか。

りんごさんは、クールな感じなのになぜか、ものすごいプレッシャーを放出しているグレーテルさんにひるみながら、どうにか聞いた。

「……ええと、その泥棒猫というのは？」

その瞬間《しゅんかん》、くわっと目を見開きグレーテルさんは叫《さけ》んだ。

「お兄様がっ!!　お兄様がほかの女に興味を示したのですっ!!　お兄様がっおにいさまがっオニイサマがっ!!」

一瞬《いっしゅん》でグレーテルさんのキャラが変わりましたが、グレーテルさんはお兄さんのヘンゼルさんのことになるとキャラが崩壊《ほうかい》するのです。ですので先ほどまでの冷静なグレーテルさんは、夢でも幻《まぼろし》でもありません。

「おおおおにっおにっおにいさまがっ!!」

亮士《りょうし》くんと同じ屋根の下、おかし荘《そう》の一号室と二号室に住んでいるヘンゼルとグレーテル兄妹《きょうだい》。この二人は、お互《たが》い以外は、すべからくどうでもいいと思っているので、どんな人にも平等に接します。

にこやかで人当たりのよいヘンゼルさんと、常に冷静なグレーテルさん。

そんなヘンゼルさんが生徒会長、グレーテルさんが書記という生徒会は、公明正大で生徒たちの信頼《しんらい》も厚いのです。

生徒会役員を大過なく務めたという経験は、あとあと自分たちのメリットになると考えて生徒会役員になり、自分たちの評価に直結するのできちんと生徒たちの話を聞き、他人のことをすべて平等にどうでもいいと思っているから対応が公平になり、その結果評価も高い。

生徒会長はヘンゼルさんですが、グレーテルさんは書記です。

グレーテルさんは副会長に推薦《すいせん》されたりしましたが、辞退したのです。理由は、権力を得すぎてやっかまれては困るという完全に自分本意の考え方。にもかかわらずそういうところでも人望を集めたりなんかしちゃったりしました。

ただ自分たちがかわいいだけのお二人だからこそ、このような善政が行われる。実に皮肉といえば皮肉です。

しかしまあ、それは他人に対するとき、自分たちに関係ないことについてだけで……

「あっあああああの泥棒猫《どろぼうねこ》が、お兄様に色目を使ったに違《ちが》いありませんわっ!! ふふふ、私のお兄様を誑《たぶら》かそうなんて……絶対に許せない!! あの女刻んで刻んで刻んで刻んで刻んでばらまいてばらまいてばらまいて、私とお兄様のバージンロードの道しるべに……」

グレーテルさんは最愛の兄のことになると、こんなになっちゃうんですけどね。

目を血走らせてそんなことを言ってるグレーテルさんに、うわぁ……とどん引きなおおかみさんたち三人。特に亮士くんは、毎日顔を合わせているだけあってショックが大きそうです。うつむいて、その豹変《ひょうへん》ぶりにビクビクしてます。

『お兄様っ!!』とかいちゃついている姿はよく見ますが、こんな姿は初めてなのです。……頻《ひん》繁《ぱん》に見せられても困りますけどね。かなりイタいですし。

あまりのトビっぷりに、りんごさんは心底関《かか》わりたくないと思いつつも、聞かないわけにはいかないので仕方なく話を続ける。

「ええと、それでその泥棒猫というのは……」

「あの魔女《まじょ》です!!　あなたたちのお仲間のマジョーリカ・ル・フェイ!!」

「……………魔女先輩《せんぱい》っスか」

出てきた予想外の名前におおかみさんたち三人は考え込む。

「でも、あの人が男に色目とかあり得ないだろ」

なにを考えてるかわからない人ですが、たしかに男に色目を使っている魔女さんの姿は想像できません。

「使ったんです!!　じゃないと、お兄様が私以外の女に興味を示すなんてっ!?」

はい、やばいですね。これ以上しゃべらしたら、色々まずいことになりそうですね。

ということで、亮士《りょうし》くんがグレーテルさんの言葉を遮《さえぎ》るようにして言った。

「なっなら魔女先輩に、直接言ったらどうっスか?」

「それができたらここに来ませんっ!!　……………失礼しました」

ぶつぶつと危ないことを言いまくったので頭が冷えたのか、グレーテルさんのキャラが元に戻《もど》りました。

「お兄様のことになると、ちょっとだけ感情的になってしまうんです」

ちょっとどころじゃねーよとつっこみたいところだが、また壊《こわ》れられても困るのでおおかみさんたちはスルーすることにする。日夜変人を相手にしているだけあって、たいしたスルースキルです。

「それで、なぜ直接問《つ》い詰めないかですが、あの方は放課後にどこにいるかわかりませんし、クラスに押しかけたら変な噂《うわさ》が立ち、お兄様に迷惑《めいわく》がかかるかもしれません!!　私がお兄様に迷惑のかかる行動をとるわけがないじゃないですかっ!!」

あ、また戻りました。

「そっそうなんですの」

グレーテルさんの迫力《はくりょく》に、りんごさんが押し負けてます。

「なら、お家《うち》で話したらどうですの？」

まあ、同じ下宿に住んでますしね。

「お兄様の側《そば》で問い詰めるなんて真似《まね》はできません!!　妹ならば、誰《だれ》しも兄にははしたない姿を見せたくはないと思うでしょう!?」

『妹ならば、誰しも兄に』を『女ならば、誰しも好きな男に』に変えれば理解できるんですけどね。

「…………というわけで、なんとかしてください」

グレーテルさんは居住まいを正し、冷静な声音《こわね》で依頼《いらい》を再現してくる。あ、元のキャラにまた戻っ……。

「息するのをやめさせるなり、心臓を止めるなり、脈拍《みゃくはく》をゼロにするなり!!」

……てませんでした。

死、一択《いったく》じゃないですか。

「いやそれはさすがに……」

「私からお兄様を盗《と》ろうなど、本当なら死すら生ぬるい所業です!!　……が、無理なのもわかりますので、おおまけにまけてお兄様に二度と関《かか》わらないなら許してさしあげます!!」

いやあ………冷静になったり、切れたりアップダウンの激しい人ですね。

「ええと、これは依頼《いらい》ということでいいんですの？」

「ええ、あの女がお兄様にちょっかいを出さなくなるならなんだっていいです」

「ちょっかい……」

男にちょっかいを出す魔女《まじょ》さんなんて、まったく想像できません。

「それでは、早くどうにかしてくださいね」

そうして言いたいことをあらかた言い終えたらしいグレーテルさんは、一方的に会話を切り上げ、また無表情に戻《もど》り去っていった。

小型台風グレーテルさんが去ったあと、しばらくぽかーんとしていた三人だったが、一番早く正気に戻ったりんごさんが言った。

「………相変わらず、お兄さんのことになると色々振《ふ》り切れちゃう人ですのね。こちらはまだ依頼を受けるともなんとも言ってないですのよ」

「普段《ふだん》は冷静な感じなんスけどね」

グレーテルさんは基本的に人類を、お兄さんとその他というたった二つの区分で認識《にんしき》しているのです。いや、このたび晴れて、ヘンゼルさん、ヘンゼルさんを奪《うば》おうとする泥棒猫《どろぼうねこ》、その他の三つの区分に分かれたんですかね？

そんなグレーテルさんはお兄さんにはデレデレで、その他の人にはすべからくクールに接するのです。クールというよりかはまあ、お兄さん以外に笑顔《えがお》を見せないので、結果的にクールなキャラになっちゃってるみたいですが。グレーテルさんにとって、ヘンゼルさん以外は笑顔を向ける価値がないんですよ。

「……そういえば、魔女先輩《せんぱい》はどんな感じなんですの？」

「なんかむちゃくちゃ適応してるっスよ？　もう何年も住んでるんじゃないかってくらいに」

「……なんかものすごく想像できるな」

あの人、環境《かんきよう》適応能力高そうですよね。知らない人の集団に放《ほう》り込んでも、いつもとなんら変わらない行動とりそうですし。……それが適応してると言えるのかは疑問ですが。

真に環境適応能力が高そうなのはりんごさんでしょうか。天使の笑顔と庇護《ひご》欲をそそる容姿、さらには他人を操縦するのがうまい……じゃなかった、人当たりがよいので、居心地《いごこち》のよい空間をあっという間に構築してしまいそうです。

「ただ、どういうわけかうちの犬たちには嫌《きら》われて、毎日吠《ほ》えられてるっスけど」

「………それも、ものすごく想像できるな」

おおかみさんはあきれたような顔で納得《なっとく》する。

「なんというか……魔女先輩《まじょせんぱい》っていったいどんな人なんスか？　いや今更《いまさら》なんスけど」

「本当に、今更ですのね」

まあ亮士《りょうし》くんが御伽《おとぎ》学園学生相互《そうご》扶助《ふじょ》協会に入って、もう半年も経《た》ってますからね。

「……でも考えてみたら、オレも『なんか変な人』ぐらいしか魔女先輩のこと知らねーな」

「まあ、細かなことが気にならなくなるほどのインパクトですものね」

「涼子《りょうこ》さんたちもあんまり知らないんスか……でも、依頼《いらい》受けるなら、魔女先輩のことをもっと知らないといけないっスよね」

「そうだな……どうするんだ？　受けるのか？」

「生徒会に貸しを作れるのは素敵《すてき》ですし、なによりグレーテル先輩に暴走されても困るので、受けておきたいところですの」

「たしかにオレらの知らねーところで色々動かれるよりはマシだな。……どうせ巻き込まれるんだろうし」

おおかみさんの声にはあきらめが入ってます。……でも、たしかに巻き込まれるんです。おおかみさんはそんな星の下《もと》に生まれているのです。

「ですのよ。それに、どうせ魔女先輩がヘンゼル先輩とどうのこうのというのはないでしょうし、貸しだけ丸儲《まるもう》けですの」

いつも通りしたたかなりんごさん。

りんごさんの言う通り、ヘンゼルさんと魔女さんの二人をくっつけるなという依頼なので、くっつかないとわかっているなら貸しだけ丸儲けになりますよね。

「でも本当に恋がどうこうという話だったらどうするんスか？」

「そうだった場合は……どうするよ」

もし魔女さんが恋してるなんてことに本気でなってたら、依頼を受けるということは魔女さんの恋路《こいじ》を邪魔《じゃま》するのと同じことになっちゃいますからね。

「ん〜ないとは思いますけど……想像もできませんし。私は、一応御伽銀行に所属している人たちの情報には目を通してますので、魔女先輩について簡単なことは知ってますけど、恋人がどうのという情報は皆無《かいむ》だったんですのよ」

「まあ……そうだよな」

恋人といちゃつく魔女さんとか想像できませんよね。

「ただ、魔女先輩のことをそれほど詳《くわ》しく知ってるわけでもないので……ここは一つ、一番詳しそうな人に聞いちゃいましょうですの」

ということで三人が話を聞くことにしたのは頭取《とうどり》さんだった。

御伽銀行地下本店で、相変わらずだらだらさぼっていた頭取さんに三人は聞いた。

「……なるほど、魔女君について教えて欲しいと？」

「いや、魔女先輩《まじょせんぱい》のことなんにも知らないのに今更《いまさら》ながらに気がついちゃったんスよね」

「まあ、彼女のキャラ見たらその時点で思考停止しちゃうからね？」

かなり濃《こ》いですからね。

「…………さて、君が魔女君について知ってることは？」

「いえ、変な外人ぐらいしか……」

いやまあそれはそうなんでしょうけど、仲間に対してそれはないと思います。

「……いやまあ、間違《まちが》いではないんだけどね？」

頭取《とうどり》さんは苦笑したあと、説明を始めた。

「では彼女について説明しようか？　名前はマジョーリカ・ル・フェイ、通称《つうしょう》魔女……どう考えてもいいあだ名じゃないんだけど、本人は気に入っているようなので問題なしかな？　まあ、あんな格好するくらいだしね？　で、ここからが重要なんだけど、実は彼女は見た目が外国人なのに中身は日本人なんだ？　というか彼女は日本語以外話せないんだよね？　君たちも日本語以外を話しているところを見たことないだろう？」

「たしかに」

「考えてみれば……」

「そうっスね」

「そうですの」

あんまり関《かか》わったことがないというか、魔女さんはフリーダムすぎて、魔女さんと会話というものをあんまりしたことがないのですが――いやさすがに話したことがないということはないんですけど、深く話したことはなかったのです。今更魔女さんのことを聞くくらいですしね――たしかに日本語を話すところしか見たことがありません。

「なぜ彼女がそんなことになったかだけど、なんというか……時々いるだろう？　日本かぶれの外国人が？　彼女の両親がまさにそれでね、日本好きが高じて日本にやって来て、日本に居着いたんだ？　そんな両親のもとに彼女は生まれ、そして彼女はすくすくと成長していったわけだけど、大きな問題が発生した……いや周囲の人が問題だと勝手に思ったという感じかな？」

「問題っスか？」

「ああ、彼女はその名の通り魔女になってしまったんだよ？　たとえば、彼女が両親の故郷に帰ったとしよう、外見では違和《いわ》感がなくても中身は大きく違う？　言葉も通じないし、彼女はそこではよそ者だ？　じゃあ逆に日本ではどうか？　言葉は通じるし中身も一応日本人に近いんだけど、外見が大きく違う？　青い目金色の髪《かみ》、どう見てもその外見はよそ者だ？　つまり、彼女はどこにいても魔女《よそもの》なんだ？

　それでも普通《ふつう》に暮らし、普通に人と接していれば友達もできたんだろうけど、彼女は……まあなんというか……天才だったわけだ？」

「天才……」

「紙一重のほうにかなり近いような気もするけど、天才とはそういうものなのかもね？　魔女《まじょ》君はああ見えて、理数系だけならこの学園どころか日本の学生の中でもトップランクだね？　ほら全国模試とかでわかるでしょ？」

「それは……すごいっスね」

「それをもって天才と判断できるかはわからないけど、凡人《ぼんじん》である僕にはそんなわかりやすい数値でしか魔女君を評価できないからね？　ただ、うちのボスとかはなにやら確信を持ってるみたいだよ？　今のうちにつばつけて将来荒神《あらがみ》グループで囲い込もうとしているみたいだし？　御伽《おとぎ》学園の大学にこのまま上げて、そのまま研究する場を与《あた》えて、その成果をもってこの御伽学園の名前を売ろうみたいな？」

「なるほどですの。あのエロ爺《じじい》はあれでいてただのエロ爺じゃないですものね……あの爺に認められてるなら、それは天才か天才に準ずる才能を持っているという証明になりそうですの」

「……まあその代わり、興味のないことはとことんダメみたいだけど？」

「……魔女先輩《せんぱい》らしいっちゃらしいな」

なんかものすごくおおかみさん的に納得《なっとく》できたらしいです。

「外見が日本人と違《ちが》い、おまけに天才？　おかげで魔女君はいつも一人だったわけだ？　魔女狩《が》りのごとくつるし上げられたり、いじめられたりということはないみたいだけどね？」

「本人はそれを気にして……」

気にしてるんですか？　大丈夫《だいじょうぶ》なんですか？　と聞くりんごさんに、頭取《とうどり》さんは首を振《ふ》った。

「いや、本人はまったく気にしていないみたいだ？　だからこそ、それが問題なんだけどね？」

頭取さんはそこで少し真面目《まじめ》な顔になり、口調から久しぶりに「？」が取れました。

「そう、彼女は自分の存在が異端《いたん》だということを、まったく気にしていない。彼女は自分の世界に生きている。あそこまで気にしてないのを見ると、環境《かんきょう》がそう変えたんじゃなくて、生まれたときから彼女には、世界が周囲の人間とは違う風に見えていたんじゃないかなとすら思うね。自分の世界という深い森の奥に、独《ひと》りで住んでいるのが魔女君だ。ただ、それは下手すればこの社会に適応できないという弊害《へいがい》を招きかねない。なので、このままではまずいと、彼女の両親が知り合いだったうちの学園長に相談し、それならばということで彼女はうちの学校に来て僕たちの仲間になった。

知っての通り、普通《ふつう》はスカウトするんだけどね？　色々集まった情報から使えそうな、それでいて仲間としてやっていけそうな人を探して。

でも、魔女君の場合は違うわけだ……なんか一番御伽銀行の行員らしいけどね？」

「たしかに……」

おおかみさんはうなずく。魔女さんはすごい変人ですからね。たしかに変人揃《ぞろ》いの御伽銀行にマッチしてるでしょう。おかし荘《そう》に適応しているのも、同じ理由かもしれません。あっちもあっちで、雪女《ゆきめ》さんの趣味《しゅみ》で変人しかいませんからね。

ただ……行動がフリーダムすぎるので、真人間《まにんげん》に囲まれると一瞬《いっしゅん》で浮きまくるでしょう。魔《ま》女《じょ》さんの両親が心配したように、今のままでは社会に出たときに色々困ったことになりそうです。

「それで、学園長がうちに入れるという判断をした理由だけど、木を隠《かく》すには森の中……変人を隠すには変人の中ということだね？　それまでは彼女は変だということで周囲から浮いていたんだけど、今では彼女が変でも誰《だれ》も気にしないというか……『ああ、御伽《おとぎ》銀行の人間だもんな』の一言ですんでしまうわけだ？　変人に囲まれてるから、変人度が薄《うす》まり、あの連中の仲間なら、変だけども危険ではないだろう……みたいになったんだろうね？　というわけで、以前は周囲の人間は彼女をどう扱《あつか》っていいものかわからず、なおかつ彼女も自由気ままに生きてたために孤立《こりつ》していたんだけど、今ではそういう変わった生き物なんだと理解され受け入れられているわけだ？　そもそもこの学園は学園長の方針から、異端《いたん》を受け入れるような空気があるし？」

「なるほどですの。……私たちが変人だというところが少々気になりましたけど」

そんなことをしれっと言ったりんごさんに、亮士《りょうし》くんは思わず声を上げた。

「えっ？」

「なにか異論がありますの？」

「いっいえ……ないっス」

口ごもりつつそう答える亮士くんですが、まあそんなリアクションをとってしまったのも仕方がないでしょう。だってりんごさんが変わっていなかったら、いったいなにが変わってるんだって話になりますからね。

「クラスのほうも鶴ケ谷《つるがや》君と同じになったというか、学園長が暗躍《あんやく》して同じクラスにしたので、さらにとけ込めたんじゃないかな？　鶴ケ谷君はインパクトのある格好してるけど、面倒見《めんどう》がいいからね？」

メイドですしね。

「なにより魔女君は端《はた》から見てたらなかなか愉快《ゆかい》な人だし、無視するより観察するほうが楽しいからね？　一番近いのは、野良猫《のらねこ》を見る感覚じゃないかな？　気まぐれで自分本位で、でもなんだか見てると和《なご》むみたいな？」

「なるほど……それで、ヘンゼルさんが魔女先輩《せんぱい》とどうこうなることはあると思いますの？」

「さあ……僕から見た魔女君は、興味あることにはとことん興味を持って、逆ならどうでもいいという人なんだよね？　僕は男女関係とか恋愛とかに興味を示した魔女君を見たことはないから、どうこうなるとは思えないね？　まあ、急に興味がわいたりしたらわからないけど？」

「なるほどなるほど。じゃあ依頼《いらい》を受けても問題なさそうだな……」

　というわけで、おおかみさんたちはまたグレーテルさんを呼び出してみたのですが……

「では早速《さっそく》あの魔女《まじょ》をどうにかしてください!!　一刻の猶予《ゆうよ》もならないのです!!」

　依頼《いらい》を受けちゃいますよーと言った瞬間《しゅんかん》、グレーテルさんが振《ふ》り切れました。

　理由は、

「ええと……その根拠《こんきょ》はなんですの」

「お兄様のあんな目は見たことありません!!　あの目は好意に近いなにかですっ!!」

　だそうです。

「だからあの魔女は絶対お兄様になにかをしたハズなんです!!　くっいったいなにが目的なのか……はっ!?　…………まさか、太らせて食べようとしているんじゃ!?」

　性的な意味でですの？　なんて言おうかと思ったりんごさんですが、さすがにここでぼけたらグレーテルさんがさらにおかしくなりそうですし、空気的に無理ですし、なによりはしたなさすぎるかなとか思ってやめておきました。今更《いまさら》すぎますけどね。

「ええと、それは気のせいなんじゃありませんの？」

「素敵《すてき》な素敵なヘンゼルお兄様に好かれて、心が動かない人間なんてこの世に存在しません!!」

　断言しました。あまりのイタい発言にしらーっとしつつ、おそるおそる亮士《りょうし》くんが提案してみます。

「じゃあ、これを機に兄離《ばな》れしてみるとか……」

「そんなことをするなら死んだほうがましです!!　お兄様は私のすべてです!!　それを……それをあの魔女はっ!!　き～～～～～～～～!!」

とうとう奇声《きせい》を上げ始めたグレーテルさんに、おおかみさんたちは顔を引きつらす。普段《ふだん》の姿を知ってるからこそ、ギャップが怖《こわ》いです。

「……なんなんだこの人は」

「……すごくやりづらいですの。これは早まっちゃいましたの?」

おおかみさんはあきれ、りんごさんは捕《と》らぬたぬきの皮算用して依頼を受けてしまったことを思わず後悔《こうかい》したため息をつく。

「いや、普段は普通なんスけどね。ヘンゼルさんと話すときはすんごく感情豊かで、それ以外の人と話すときはクールな感じで」

「…………いや、それは普通なんですの?」

普通の感覚がおかしくなってる亮士くんに、あきれた顔をしていたりんごさんだが、グレーテルさんがどうにか落ち着いたところで聞いた。

「じゃあ、どうしたらいいんですの」

「そうですね……こうなってしまえば直接対決しかあり得ません」

久々にクール化した感のあるグレーテルさん。

ようやく落ち着いて話ができそうです。

「ですが、前言ったようにあの魔女《まじょ》と二人きりになかなかなれないのです。あの魔女は学校ではちょろちょろ動いてどこにいるかわかりませんし、家だと私は常にお兄様と一緒《いっしょ》にいますから……」

そこまで聞いたところで、亮士《りょうし》くんが素朴《そぼく》な疑問を口にしました。

「なんでヘンゼルさんに聞かないんスか？」

……まあ、そうですよね。ヘンゼルさんに聞けば、一瞬《いっしゅん》で問題が解決しそうです。

ですが……その言葉は劇薬でした。

その瞬間、グレーテルさんはぴたっと動きを止める。

目から光が消えました。うつろな目……いわゆるレ○プ目というやつになってます。わからない人は、アニメで敵《かたき》キャラに操《あやつ》られるなり洗脳されてるなりしているキャラの目を思い出してください。あの目です。ですがレ○プ目とか響《ひび》きが悪すぎなので、病《や》んだ目と書くことにします。

そんな病んだ目で、グレーテルさんはぶつぶつつぶやく。

「……そんなことを……そんなことをして、もしお兄様に肯定《こうてい》されたら……あの魔女にお兄様を奪《うば》われてしまっていたなら……私は、私は、私は…………」

これが今はやりのヤンデレというやつでしょうか。

地雷《じらい》を思いっきり踏《ふ》んだ亮士くんを、お前なんて面倒《めんどう》なことを……なんて目で見る、おおかみさんとりんごさん。

「……………こんな世界で一人で生きるなんていっそのこと……………殺して……私も死ぬ……」

目から光が消えたままのグレーテルさんの口から聞こえてくる単語がやばすぎます。関《かか》わるんじゃなかったと心の底から思いながら、依頼《いらい》を受けてしまったし、なにより下手したら魔女さんがやばそうだ……と、りんごさんは気力を振《ふ》り絞《しぼ》って言った。

「と、いうことはですの!!　魔女先輩《せんぱい》とサシで話せる場を用意すればいいわけですのね!!」

亮士くんとおおかみさんもそれに乗っかる。

「おう、そうだな!!」

「そうっスよ!!　それで解決っスよ!!」

空元気丸出しでです。ですが、空元気でも出してないとやってられないでしょう。

それに魔女さんに完全否定させてしまえば、この危なすぎるグレーテルさんも落ち着いて、ハッピーエンドかはわかりませんがこの依頼は終わるので、あと少しの辛抱《しんぼう》なのです。

そこでぶつぶつ聞こえていたグレーテルさんの声が止まり、徐々《じょじょ》に目に光りが戻《もど》っていき、

「……そうですね」

その言葉と共にグレーテルさんが、普段《ふだん》のクールな感じに戻りました。……よかった。本当によかった。

「では、あの魔女《まじょ》のいる場所に案内してください。ここの地下に秘密があることは知ってるんですよ？」

「まあ、ちゃんと観察していれば気がつきますのよね」

御伽《おとぎ》銀行地上支店、あのプレハブのボロ小屋に入る人数がその広さに比べて多すぎますからね。

「ほかの人ならとぼけるところですけど、グレーテルさんはうちのスポンサーのこと知ってますから、まあいいですの。地下秘密基地とかえこひいきだ!!　とか、権力者の、大人の手先になるなんて自主独立の精神はう〜だらとか、権力者にこね作るとかそりゃずるいぞ！　とか言われるのを避《さ》けるために隠《かく》してるようなものですし」

一応、御伽学園は学生の自主独立を尊重していることになっているのです。

しかし、御伽学園学生相互扶助《そうごふじょ》協会は、活動内容的にすべての学生組織と適度に距離《きょり》を置き、なおかつ部費なんかも貰《もら》ってないので、そのへんの情報に触《ふ》れられる人ならば上に誰《だれ》かがいるということに気がつけるんですよ。結構派手に行動してますしね。気がつけたところで別にどうにもなりませんけど。

「でも内緒《ないしょ》にしておいてくださいですの」

「わかってます。学園長を敵に回すつもりはありませんから」

ちなみに、御伽銀行のトップは学園長だったりしまして、生徒の問題を生徒だけで片付けさせること、学園をいい感じにカオスにすることあたりが目的だったりします。学園の設立目的が、使える人材を育てることですからね。あの爺《じじい》は、老後の趣味《しゅみ》として、盆栽《ぼんさい》やら家庭菜園で野菜を育てる感じで人を育ててるんですよ。これだから金持ちはって感じです。

「ただ、今日はまだ魔女先輩《せんぱい》は来てないっスよね」

「そうだな。……りんご、携帯《けいたい》で連絡《れんらく》はつくか？」

「ちょっとかけてみますの」

そう言って、りんごさんは魔女さんに電話をかけるが、

「…………ダメですの」

結局、繋《つな》がらなかった。

「ん～どうやら電源を切ってるみたいですのね」

「つーことは、GPSってのもダメか」

おおかみさんがさらわれるということがあったので、御伽銀行の皆《みな》さんは一応GPS付き携帯を持ち歩くことにしてたりするんですが、それも無理だったようです。

「となると、地道に聞き込みということになりますのね。魔女先輩の行動は、あの工房《こうぼう》にもるか、学園内をうろうろするかのどっちかですし」

というわけで、いつも通りフリーダムに動きまくってると思われる魔女さんを探すハメになったおおかみさんたち一行《いっこう》。

御伽《おとぎ》銀行地上支店を出た瞬間《しゅんかん》、第一村人……じゃなかった、第一御伽学園生徒を発見する。

まあ、女生徒が一人、ちょうどボロいプレハブの前を歩いていただけなのだが。

「もしもしですの」

暴走するのが目に見えてるグレーテルさんを、おおかみさんと亮士《りょうし》くんで押さえている間に、人当たりがよいというか猫《ねこ》かぶりのプロフェッショナルであるりんごさんが、その女生徒に話しかける。

「ちょっと聞いていいですの？」

「なんですか？」

足を止めた女生徒に、りんごさんはよそ行きスマイルで聞いた。

「うちの魔女先輩《まじょせんぱい》見ませんでしたの？」

「見ましたよ？」

一人目でいきなり目撃者《もくげき》発見。……まあ、魔女さんは異様に目立ちますからね、シルエットからしてあり得ませんし。そして、魔女先輩で普通《ふつう》に話が通じてます。魔女さんは格好からして誰《だれ》が見ても魔女ですから、おかしくはないのかもしれませんが。でも、そんな魔女さんに疑問を感じてないあたり、この普通の女生徒も御伽学園に染まってます。

「どこで見ましたの？」

「あそこです」

御伽学園学生相互扶助《そうごふじょ》協会、通称《つうしょう》 御伽銀行の地上支店であるボロいプレハブは、文化系クラブの部室が入った文化棟《とう》と体育系クラブの部室が入った体育棟に挟《はさ》まれてるのだが、女生徒が指さしたのは体育棟の屋上だった。そこには、転落防止のフェンスに張り付いているというか、よじ登っている魔女さんの姿があった。

「あんな所にっ!!」

それを見た瞬間《しゅんかん》、グレーテルさんはだだだっといきなり全力疾走《しっそう》を始める。

「ちょっ……仕方ないですの。涼子《りょうこ》ちゃんと森野《もりの》君は追いかけてくださいの。私はあとで追いつきますので」

「わかった、行くぞ亮士」

「了解《りょうかい》っス」

というわけで、おおかみさんと亮士くんはりんごさんを置いてグレーテルさんを追いかけた。

屋上に向かうということは階段を上らないといけないということで……屋上にたどり着いたとき、りんごさんはギブアップ寸前だった。

「はぁ……はぁ……私は……悪巧《わるだく》み担当《たんとう》で……こういう肉体労働は……」

余裕《よゆう》がないからか、りんごさんの口から思わず本音が漏《も》れる。なんか自分で悪巧みって言っちゃってますよ、自覚はあったんですね。

「それで……どうなりましたの？」

と、りんごさんが屋上を見渡《わた》すと、フェンスをよじ上ろうとしているグレーテルさんと、それを必死に押さえているおおかみさんと亮士《りょうし》くんの姿があった。

「いったい……なにしてるんですの？」

「しっ下だ!!」

必死なおおかみさんは、そう一言だけ言った。

そう言われたりんごさんがフェンスに張り付き下を見てみると、そこには普通《ふつう》に地面を歩いている魔女《まじょ》さんの姿があった。

「……どうやって下りたんですの？」

来るときにすれ違《ちが》いませんでしたからね。まあ、階段は一カ所だけではないのでそこを利用したと考えるのが一般的なのでしょうが……魔女さんなのでなにやら変な道具を使って一気に下に下りたという考えも捨てられません。

「グレーテル先輩《せんぱい》、落ち着けって!!　ここから飛び降りたら普通死ぬから!!　死ぬから!!」

「あの女にできて私にできないわけが……」

「変なことで張り合わないでくださいっス!!」

「離《はな》してください!!　私のお兄様への愛があれば、ビルの四階や五階分の高さくらい!!」

いやグレーテルさん、いくら愛があっても物理法則の壁《かべ》は越《こ》えられませんよ。その高さから落ちたら相当運がよくないと死にますよ。あなたはいったいどれだけ視野狭窄《きょうさく》しているんですか。……まあグレーテルさんがこんなになってしまうほどに、ヘンゼルさんへの愛が強いのかもしれませんが。

そんな大騒《さわ》ぎをしている三人に、りんごさんは言った。

「こんなことしてるより早く追いかけたほういいんじゃないですの？　急がば回れと言いますし」

「………そうですね。その通りです」

グレーテルさんはその言葉にぴたりと動きを止めた。そして「なんだ、なんだ？」と状況《じょうきょう》についていけてない、おおかみさんたちの前でくるりと身体《からだ》の向きを変えると、階下へと繋《つな》がる階段に向かって走り出した。

あまりの切り替《か》えの速さに唖然《あぜん》としていたおおかみさんと亮士くんだが、少しして我に返るとあわててついていった。

「くそっまたかっ!!　亮士行くぞ!!」

「りょっ了解《りょうかい》っス!!」

りんごさんはそれを見て大きくため息をつく。

「………また走るんですの？」

魔女さんの捜索《そうさく》を始めて二十分も経《た》っていないのだが、三人のやる気は下落の一途《いっと》をたどっていた。

その後、聞き込み→目撃《もくげき》情報→行ってみると魔女《まじょ》さんはいなくて痕跡《こんせき》のみなんてこと数度。

「なんなんだ、あの人は!!」

魔女さんのフリーダム加減に、とうとうおおかみさんが切れた。

「…………はぁ…………はぁ…………はぁ」

体力のないりんごさんに至っては、息も絶え絶えになっている。

そして、亮士《りょうし》くんは一つ屋根の下に住んでるということを理由にグレーテルさんの相手をさせられ、いらいらが募《つの》ったグレーテルさんの癇癪《かんしゃく》を一身に受けていた。

「ああああのあのあのままま魔女ま魔女をいい今すぐわわっ私の前に連れてきてくださささい」

怒《いか》りか焦《あせ》りか憎《にく》しみかわからないが、グレーテルさんがとうとうバグり始める。そんなグレーテルさんを落ち着かせようと、亮士くんは必死になだめる。

「グレーテル先輩《せんぱい》、落ち着いてくださいっス!!　ほら、ヘンゼル先輩を取り返すんでしょう!?」

その言葉を聞いた瞬間《しゅんかん》、グレーテルさんは落ち着く。ヘンゼルさんの名前はどんな鎮静剤《ちんせいざい》よりも効果があるようだ。

「…………すいません、取り乱してしまいました」

「わっわかってくれたら、いいっスよ」

落ち着いたグレーテルさんに、亮士くんはほっと一息つく。

「こうなったら仕方ありません、連れてこれないなら、首だけでもいいです。それなら運びやすいでしょう？　ほら、ビニール袋《ぶくろ》とかにも入りますし……」

……一息つけませんでした。

冷静に見えて、グレーテルさんはやっぱりおかしくなってます。

よく見てみると、やっぱり目が病《や》んでて、瞳《ひとみ》に光がないですし。

「難易度上がってるじゃないっスか!!　捕《つか》まるじゃないっスか!!　猟奇《りょうき》殺人事件じゃないっスか!!　てゆうか、なんでそんなに発想が物騒《ぶっそう》なんっスか!!」

そんなグレーテルさんの精神と亮士くんのつっこみ能力が、限界を超《こ》えようとしていたそのとき、りんごさんの携帯《けいたい》が鳴った。

『あー、赤井《あかい》君？』

「…………なんか……用ですの？　今……すごく……忙《いそが》しいんですのよ」

年上への敬意をかけらも見せず、切れ切れの息でりんごさんはいらいらした様子を隠《かく》そうともしないで答える。

相変わらず、頭取《とうどり》さんはこんな扱《あつか》いなんですね。

『いやははは、でもこれは言っておいたほうがいいと思って……？』

「……もったいぶらず……さっさと言ってくださいの。簡潔に……一言で……」

『今、魔女君《まじょ》が帰ってきて、工房《こうぼう》に入ったよ？』

「それを早く言ってくださいのっ!!　まったく!!　これだから!!　まったく!!」

散々邪険《じゃけん》にしておいてこれですか。いくら疲《つか》れていらいらしてるからって、これはひどくないですか？

御伽《おとぎ》銀行地上支店のプレハブに全速力で引き返し、秘密基地っぽい食器棚《だな》の裏の隠《かく》し扉《とびら》を抜《ぬ》け地下に下りたグレーテルさんと疲《つか》れきったお供の三人。りんごさんなんか、とうとうおおかみさんに背負われてますよ。

豪華《ごうか》でかなり金のかかった金持ちの道楽の象徴《しょうちょう》、秘密の組織にはやっぱり地下秘密基地だよねとか、そんなノリで造られたに違《ちが》いない御伽銀行地下本店には、いくつかの部屋がある。

物置、トイレ、仮眠《かみん》室、調理場、大部屋、そして……魔女さんの工房。

りんごさんが魔女さんの工房の扉の前で、ここが魔女さんの工房ですのなんて説明した瞬《しゅん》間《かん》、グレーテルさんは言う。

「ここがあの女のハウスですね!!」

「…………」

「…………」

「…………」

…………ひどいですね。

そんな色々キテるグレーテルさんを、おおかみさんはナイススルー。

「そっそれはともかく、この部屋は……オレもちゃんと入ったことないな」

「わっ罠《わな》とか仕掛《しか》けてあるっスしね」

以前、扉を開けたらなんか飛んできたとかありましたしね。

「入っていじったら危ないから罠を仕掛けるとか、本末転倒《ほんまつてんとう》ってこういうことを言うんですのよね」

りんごさんはそう言いつつ、おおかみさんの背中から下りる。

身軽になったおおかみさんは、工房の扉をノックする。

「魔女先輩《せんぱい》、いるかー？　魔女せんぱ～い」

「…………」

「…………」

「…………」

だが反応はまったくなし。

「……………返事はありませんのね」

「みたいっスね」

「亮士《りょうし》、一応開けて確認《かくにん》しろ」

おおかみさんに言われ、亮士くんは嫌《いや》そうな顔をしながらもうなずく。

「………了解《りょうかい》っス」

まあ、危険があるかもなので、おおかみさんに開けさせるなんて亮士《りょうし》くんにはできません。

でも……そんな亮士くんの男気《おとこぎ》が伝わっているかは疑問ですが。

「じゃあ、オレらは離《はな》れてるからな!!」

ほら、おおかみさんとか巻き込まれないように思いっきり離れてますからね。

そんな護《まも》りがいのないおおかみさんに少々切なくなりつつも、覚悟《かくご》を決め亮士くんは扉《とびら》を開き……しかしなにも起こらなかった。

亮士くんは胸をなで下ろしつつ中を確認《かくにん》する。

中にあったのは色々な工作機械に実験器具、様々な本にビーカーフラスコ試験管。これ見よがしにドクロマークのはっついた怪《あや》しげな瓶《びん》もあり、まさにマッドの部屋といった様相だ。

しかし、亮士くんの目についたのは、入り口の真正面にある椅子《いす》に載《の》っけられた、魔女《まじょ》さんをデフォルメしたぬいぐるみだった。

「いないみたいっスね……けどこれは……」

嫌《いや》な予感がするな……と亮士くんが考えていると、突然《とつぜん》魔女さんの声が発せられる。

『ヨヨヨヨー』

次の瞬間《しゅんかん》、亮士くんは後ろから衝撃《しょうげき》を受け、工房《こうぼう》の中に倒《たお》れ込んだ。

「ぐはっ」

やっぱり罠《わな》があったのか!?

と亮士くんは思ったが、なんのことはない、グレーテルさんに後ろから蹴《け》られただけだった。

「痛っ痛いッス!!」

倒れた亮士くんを踏《ふ》みつけ、グレーテルさんは工房に入っていく。

「この魔女がっ!!」

どうやら聞こえてきた魔女さんの声に我を忘れてしまったらしいですが、ヘンゼルさん以外の人間に興味がないにも程《ほど》があるでしょう。今あなたが蹴り倒し踏みつけた亮士くんは、仮にもグレーテルさんと同じ屋根の下に住み、同じ釜《かま》の飯を食ってる人ですよ？　さらに言うならば今は協力者ですよ？

だが、そんな亮士くんを無視して、グレーテルさんは魔女さんの工房をすごい目で見回している。

「今日という今日は………魔女は？」

「ええと、そこのぬいぐるみが話してるみたいですのねー」

いつの間にか、ひょっこり顔だけ半分出して工房の中を覗《のぞ》き込んでいたりんごさんが言った。

「中にスピーカーでも仕込んでんじゃねーか？」

お次はおおかみさんが、りんごさんの上から工房の中を覗き込む。おおかみさんもやっぱり顔を半分だけしか出さない。警戒《けいかい》をしているのでしょう。そしてその対応は正解でした。

『ただ今留守にしてますヨー。ご用のある方はまた来てくださいヨー』

「…………馬鹿《ばか》にしてっ!!」

「あっちょっ不用意に触《さわ》ったら……」

グレーテルさんはりんごさんの忠告を無視して、無造作にぬいぐるみを手に取った。

「……涼子《りょうこ》ちゃん!!」

「おう!!」

嫌《いや》な予感がしたりんごさんが叫《さけ》ぶと、おおかみさんはりんごさんを抱《かか》えてその場を離《り》脱《だつ》し、その瞬間《しゅんかん》、

『あっそれとヨー、これは自動的に消滅《しょうめつ》するんだヨ……』

ばしゅっという音と共に、そのぬいぐるみから白煙《はくえん》が上がった。

白煙に包まれるグレーテルさんと、床《ゆか》に倒《たお》れたままの亮士《りょうし》くん。

「きゃっ!?」

離脱を完了《かんりょう》していたおおかみさんとりんごさんは、無言でその白煙を見ていた。

「…………」

「…………」

地下は換気《かんき》扇《せん》が回っており、徐々《じょじょ》に視界が回復していき、白煙が収まってきた頃《ころ》、その場に立っていたのは真っ白になったグレーテルさんだった。

「…………………………………………………………………………………………こほっ」

無言無表情でしばらく立ち尽《つ》くしたあと、グレーテルさんは咳《せき》をする。白い粉が出ました。

「え……と、大丈夫《だいじょうぶ》ですの？」

そんな愉快《ゆかい》な状態になったグレーテルさんに、りんごさんはおそるおそる聞いてみますが……

……まあ大丈夫じゃなさそうです。主に精神が。

「あの…………アマ!!」

グレーテルさんのきれいで素敵《すてき》なお顔が怒《いか》りで歪《ゆが》んでました。

そこには、ちょっと感情に乏《とぼ》しいけれども、困ったときは平等に話を聞いてくれたりする、とても頼《たよ》りになる生徒会役員といういつものグレーテルさんの姿はありません。

グレーテルさんは握《にぎ》ったままだったぬいぐるみを地面に投げつけ……するとまたぬいぐるみがしゃべる。

『痛いヨー』

「うるさいっ」

と、そのときりんごさんに電話がかかってくる。

「もしもしですの」

『ああ、赤井君《あかい》？』

「いったいなんなんですの？　こっちはそれどころじゃないんですのよ」

グレーテルさんが今にも限界突破《とっぱ》しそうですしね。

だが、そんな状況《じょうきょう》を知ってか知らずか、頭取《とうどり》さんはなんでもないかのように言った。

『いや、ちょっと前に魔女《まじょ》君は家に帰ったんだけど、それを伝えようと思ってね？』

「そんなもん、帰ったそのときに連絡《れんらく》しなさいですの!!　この愚図《ぐず》っ！　この愚図っ!!」

不機嫌《ふきげん》マックスなりんごさんは、容赦《ようしゃ》がありません。

「この愚図っ!!」

散々罵倒《ばとう》したあと、携帯《けいたい》を閉じたりんごさんに、おおかみさんが聞いた。

「魔女先輩《せんぱい》帰ったのか？」

「みたいですの」

「また無駄骨《むだぼね》かよ……」

心の底から帰りたそうなおおかみさん。やる気がまったく見られない。

「なっなんですって!?　やっやはり、お兄様をおいしくいただくつもりなのっ!?」

だが、グレーテルさんはやる気満々だった。

「……たぶんそれはないですの」

「……普通《ふつう》に帰っただけじゃねーか？」

こんなおおかみさんたちの指摘《してき》にも耳を貸さず、グレーテルさんは白いまま一人歩いていく。

「くっ、お兄様が危ない!!　こうしてはいられません、早く行きましょう！」

その背中を見ながら、おおかみさんは疲《つか》れたような声で言った。

「……………オレらも行くのか」

「……………行くんですのよ」

「…………おら、亮士《りょうし》行くぞ」

おおかみさんが倒《たお》れたままの亮士くんをちょこんと軽く蹴《け》ると、

「うう……ひどい目に遭《あ》ったっス……」

背中半分が真っ白くなった亮士くんが、よろよろと立ち上がった。

三人はそこで顔を見合わせ、

「「「…………………はぁ」」」

大きくため息をついた。背中が煤《すす》けてます。亮士くんなんて魔女さんの罠《わな》によって、比喩《ひゆ》表現じゃなく煤けてます。

「なにをしてるんですか!!　早く行きますよっ!!」

「あいよー」

「了解《りょうかい》ですのー」

「はいっスー」

やる気満々なグレーテルさんと、やる気皆無《かいむ》なおおかみさんたち三人。

そして話は続きます。

「ここがあの女のハウスですね!!」

これは、おかし荘《そう》に到着《とうちゃく》した瞬間《しゅんかん》のグレーテルさんの第一声です。このネタは本日二度目です。

日は沈《しず》みかけ、辺りは夕焼けに染まりつつあるんですが……この一声で、夕暮れ時に感じるあのもの悲しさが吹《ふ》き飛びました。情緒《じょうちょ》もへったくれもあったもんじゃありません。

つーか、あなたもここに住んでるんでしょうに。

おかし荘は雪女《ゆきめ》さんが趣味《しゅみ》でやっているアパートというか下宿というか、まあそんな感じの建物です。

今の住人は六人。

一号室と二号室にヘンゼルさんとグレーテルさん兄妹《きょうだい》。四号室に白鳥《しらとり》さん。五号室が亮士《りょうし》くんの部屋で、六号室がマチ子さん。八号室が魔女《まじょ》さんとなっています。

「あの魔女の部屋にお兄様が閉じこめられているに違《ちが》いありません!! 淫乱《いんらん》で好色で尻軽《しりがる》で淫《いん》奔《ぽん》で色情狂《きょう》なあの魔女から早くお兄様を救い出さないと!!」

グレーテルさんはそう言うなり、ダッシュで魔女さんの部屋に突撃《とつげき》する。

「出てきなさい、この魔女がっ!!」

ヘンゼルさんがいないので、そんなことを叫《さけ》びながら魔女さんの部屋、八号室の扉《とびら》を叩《たた》きまくる。

「………なんかこの人の頭の中で魔女先輩《せんぱい》がすごいことになってんな」

「ええ……というか、なんでヘンゼル先輩が監禁《かんきん》されてることになってるんですの？」

「たしか……魔女先輩と話に来ただけっスよね」

「……お兄さんのことになると、ネジがダース単位で吹っ飛ぶんですのね。普段《ふだん》はあんなに知的なんですのに」

「まったくだ」

ドンドンドンドン

グレーテルさんは扉を壊《こわ》す勢いで叩きまくっている。

「でーてーきーなさーい!!」

近所迷惑《めいわく》とか、まったく世間体を気にしてません。

と、そのとき扉の中から魔女さんの声が聞こえてくる。

「うるさいヨー」

「魔女！　…………ごほん」

敵にこうやって錯乱《さくらん》した姿を見せるのは負けたと感じてしまうからか、グレーテルさんは冷静モードになる。

「なんか用かヨー」

「話があります。開けてください」

「あちきにはないヨー」

「私にはあるんだよボケッ!!」

冷静だったのは一瞬《いっしゅん》だけでした。グレーテルさん、柄《がら》が悪すぎます。

「………うわぁ」

「………これはひどいっス」

おおかみさんたちはどん引きですよ。

「つーか、いいから開けろ、このカスがぁ!!」

と、そのとき、ドスのきいたグレーテルさんの声に、扉《とびら》が少しだけ開いた。

グレーテルさんはその隙間《すきま》を覗《のぞ》き込み……次の瞬間、そこから飛び出した水が顔面に直撃《ちょくげき》する。どうやら水鉄砲《みずでっぽう》で攻撃《こうげき》されたようだ。

「…………このアマ、馬鹿《ばか》にしくさりやがってっ!! おんどりゃあ、いい加減にせんと、ピ――――でピ――――してピ――――」

完全にトサカにきたグレーテルさん。女の子が口にしてはいけない不適切な言葉を連発し、修正が入りまくりです。

グレーテルさんはピーピー言いながら、空いた隙間に手を突《つ》っ込み扉を開こうとしたが、ドアチェーンがかかっていたので開かなかった。

「開けろ、こらぁ!!」

グレーテルさんはがっしがっしとドアを揺《ゆ》する。ゴリラっぽいです。怒《いか》りで退化しちゃってます。

放送禁止用語連発に、類人猿《るいじんえん》的行動。グレーテルさんの普段《ふだん》の姿を忘れてしまった人がいるかもしれませんので、もう一度説明しましょう。

ブラウンの髪《かみ》を三つ編みにし、それを前に垂《た》らしたスタイルのよい美人。いつも冷静で人間味が薄《うす》いですが、生徒たちの相談事には真摯《しんし》に乗るので人望厚い、生徒会役員の一人、それがグレーテルさんです。

「さっさと開けんと、しまいにゃあピ――――ピ――――ピ――――するぞおらぁ」

……………今はかけらも面影《おもかげ》がありませんが。

どう考えても、魔女《まじょ》さんよりも今のグレーテルさんのほうが悪役っぽいです。

グレーテルさんは隙間から手を突っ込み、片目で中を覗き込み暴れていた。

それを見た魔女さんは恐《おそ》ろしくて逃《に》げようと……………することなく、ぎりぎり手の届かないところでグレーテルさんを観察する。

「ばっ馬鹿《ばか》にするのもいいかげんにせいやこのピ――――」

そこでハッとなにかに気がついた魔女さんは部屋の奥に行き……………………ジュースとポテトチップスの袋《ふくろ》を持ってくる。

そして、それをつまみながらグレーテルさんを観察し始める。

「ヨヨ～」

なんか興味深いものを見れて魔女《まじょ》さんは楽しそうだが、グレーテルさんはとうとう怒《いか》りで人《ひと》語《ご》を話せなくなってしまう。

「qあwせdrftgyふじこlp：，@っ!!」

とそのとき、ドアチェーンがきしみを上げ始める。正気を失ったグレーテルさんが、どうやら馬鹿《ばか》力《ぢから》的なものを出したらしい。

これはやばいヨーとさすがの魔女さんも思ったのか、たらりと汗《あせ》が魔女さんの顔を伝う。

魔女さんの部屋は二階の端《はし》っこ八号室なので、突《つ》き当《あ》たりの窓から脱出《だっしゅつ》を始める。いつものローブの中から、ロープ的ななにかを取り出した。

「ヨ～～ヨヨ～」

危なげなくするすると、魔女さんはそのロープを下りていく。なるほど、これを使って体育棟《とう》の屋上から脱出したんでしょうね。

ドアの隙間《すきま》からそれを見ていたグレーテルさんは、

「こんのクソアマがぁあ!!　なめくさりやがって!!」

魔女さんを追うために外に飛び出した。

そして、どん引きして事態の推移《すいい》をただただ見守っていたおおかみさんたち三人が取り残される。

「いや、なんでこんなことになってるんだ？」

「さあ？」

「てゆうか、依頼《いらい》はなんだったたっスっけ？」

「ヘンゼルさんのことを問いただす、もしくは近寄らないようにさせるために魔女先輩《せんぱい》と話すので、魔女先輩に会わせろ……が一番最初の依頼だった気がしますの」

そんな顔を見合わせる三人の耳に飛び込んでくるのは、当初の目的もいつものキャラも完全に忘れてしまったグレーテルさんの叫《さけ》び声《ごえ》と、

『おるぅらー!!　待ちやがれこのくされピ――――が!!』

逃《に》げ回っているらしい魔女さんの声だった。

『おっお前いったいなにヨー!!』

なにやら鬼《おに》ごっこが始まってます。

「とっとりあえず、止めましょうですの。森野《もりの》君がんばって!!」

「おれっスか!?」

このままでは事件が起きてしまうと、りんごさんは焦《あせ》る。おかし荘《そう》二階の廊下《ろうか》から見えるグレーテルさんは脳内麻薬《まやく》出まくりで、肉体のリミッターが外れでもしたのか、ものすごいことになっている。

さすがにこれは危険か……ということで、りんごさんは亮士《りようし》くんにだけ言ったのでしょう。

だが、亮士くんは、

「………いや無理っス」

なにもしない内からギブアップする。

ものすごいヘタレな発言ですが、無理もありません。

所々白く染まったままの髪《かみ》を振《ふ》り乱して、鬼《おに》の形相《ぎようそう》で魔女《まじよ》さんを追いかけている、あのグレーテルさんは怖《こわ》いですよね。

そこで、おおかみさんが亮士くんに真面目《まじめ》な顔を向け、真剣《しんけん》に言う。

「………がんばれ」

心の底からの激励《げきれい》だった。

……亮士くんが行かなかったら、次に行くことになるのはおおかみさんですからね。

そんなおおかみさんの激励に応《こた》えないという選択肢《せんたくし》はない亮士くんなので、

「………がんばるっス!!」

決死の表情で出撃《しゆつげき》する。

そして、その結果……

「ちょっ！　痛いっス、痛いっス!!」

……亮士くんは人間の盾《たて》にされていた。

切れまくった追跡者《ついせき》グレーテルさんにさすがの魔女さんも危険を感じ始めたのか、逃《に》げながらローブの下から様々な秘密道具を出し、グレーテルさんを迎撃《げいげき》したのだ。

「ヨョー!!」

袖《そで》の中からゴム弾《だん》が飛び出したり、煙幕《えんまく》はったり、まきびし撒《ま》いたりと、出てくるわ出てくるわ。ゴム製の手裏剣《しゅりけん》やらゴム製のブーメランやらゴム製のチャクラムやら、しまいにはボーラというヒモの両端《りょうたん》におもりのついたマイナーな投擲《とうてき》武器まで出てきましたよ。美学か生き様か単なる趣味《しゅみ》なのか、直接攻撃《こうげき》系の隠《かく》し武器は持ってないようです。

だが、グレーテルさんはそれらすべてを避《さ》け逃《のが》れた……二人の仲裁《ちゅうさい》に入ろうとした亮士くんを盾にして。

首根っこをつかんで亮士くんを盾にし、グレーテルさんは進む。

鬼です。

亮士くんを引きずっているので、動きは遅《おそ》くなったが、グレーテルさんはそれでも確実に魔女さんを追い詰《つ》めていく。

そんな血も涙《なみだ》もないグレーテルさんに、焦《あせ》った魔女さんはとうとう奥の手を発射する。亮士くんも使ったことがある目つぶし弾でした。

「ぐはっ、ごほっげほっ、めっ目が見えないっス」

ですがやはり生きた盾、亮士くんで防御《ぼうぎょ》するグレーテルさん。一瞬《いっしゅん》の躊躇《ちゅうちょ》すら見せません。

奥の手も効かず、秘密道具もあらかた使いきり、魔女《まじょ》さんは庭の隅《すみ》に追い詰《つ》められる。

「ヨッヨヨヨヨ〜」

これはまずいと、魔女さんは、汗《あせ》をだらだら流す。

「ふふ……ふふふふ、追い詰《つ》めましたよ」

そんな魔女さんに、グレーテルさんはゆっくり近づいていく。

「私には……私には帰るところがお兄様の側《そば》しかない。だから帰る場所を失うわけにはいかないのよ」

その尋常《じんじょう》でない様子に、これはまずいか……とおおかみさんとりんごさんも参戦しようとしたが、二人が駆《か》け寄る前に意外な所からグレーテルさんに声がかかった。

「……グレーテル、そこでなにしてるんだい？」

「あっお兄様っ!!」

声の主は愛《いと》しのお兄様、ヘンゼルさんでした。そしてヘンゼルさんは、魔女さんとグレーテルさんの間に入るように歩いていく。

その瞬間《しゅんかん》、それまでの鬼気迫《ききせま》る表情はどこへやら、グレーテルさんは笑顔《えがお》を浮かべ駆け寄ろうとし……ヘンゼルさんが魔女さんを守ろうとするかのようにその前に立ったのを見て、叫《さけ》んだ。

「やっぱり……ふふふふ、その魔女がいけないんですね。その魔女がお兄様を誑《たぶら》かし、私からお兄様を奪《うば》おうと……」

「グレーテル、落ち着いて」

「お兄様、どいてください！　でないと、その魔女を殺せない!!」

どこかで聞いたことのあるような名言を、グレーテルさんは全力で叫ぶ。

だが、ヘンゼルさんはその場を動かず……その様子に、鬼気迫る様子だったグレーテルさんの表情が崩《くず》れ、泣きそうな顔になる。

「おっお兄様は……その魔女のことが好きなのですか？」

「その魔女……マジョーリカくんのことかい？　別にそんなことないけど」

「嘘《うそ》です!!　だってお兄様はあの女を目で追っていましたわ!!」

その追及《ついきゅう》にも、ヘンゼルさんは動揺《どうよう》することなく答える。

「そうだね、たしかに視線で追ってしまっていたのかもしれない。でもね、これは恋ではなくて……憧《あこが》れだよ」

「同じですわっ」

「グレーテルからしたら同じかもしれないけど、ぼくから見たら違《ちが》うんだ」

ヘンゼルさんは空を見上げる。

「例えるなら……空を、星を、雲を、太陽を眺《なが》めるようなものだよ。太古の昔から、地をはう人間が空に憧れたように、人は自分にないものを持っている人に憧れる」

気持ちがわかる……それはとても心地《ここち》よい世界だ。わかり合える……それはすばらしいことだ。

同じように怒《おこ》り、同じように憎《にく》しみを抱《いだ》いている。

「あの日……二人で生きると決めたあの日から、ぼくらは甘い二人だけのお菓子《かし》の家に引きこもっている。ぼくらは同じように親から捨てられ、同じように悲しみ、同じようにあきらめ、

「お兄様……」

こんなことは普通《ふつう》はあり得ない。生まれたときから一緒《いっしょ》で、同じような経験をしていたぼくらならではだよ。すごく、すごく心地よい……外の世界に出ていけなくなるくらいにね」

そこで、ヘンゼルさんはちらりと魔女《まじょ》さんに視線を向ける。

「そんな二人だけのお菓子の家に引きこもっているぼくには、一人で生きる——なににも依《よ》らず一人で立っている彼女がとても眩《まぶ》しく見えた。だけど……やっぱりそれだけだよ。ぼくらは外では生きられない。二人きりの甘いお菓子の家から出ることはない。だから心配しなくていいよ。ぼくはグレーテルの側《そば》から離《はな》れない」

「お兄様っ!!」

それを聞いたグレーテルさんは、今度こそヘンゼルさんのもとに駆《か》け寄り抱《だ》きつこうとするが、自分の姿に気がつき叫《さけ》んだ。

「きゃっ、私ったら……」

グレーテルさんは髪《かみ》を振《ふ》り乱していたのでぼさぼさで、顔も制服も汚《よご》れていて、魔女さんの罠《わな》のせいで全体的に白っぽくなっていた。

なので、たしかにはしたないといえばはしたないのですが……今更《いまさら》すぎますよね。

「ふふ、かわいいかわいいぼくのグレーテル、ぼくはそんなこと気にしないよ？」

「…………お兄様」

グレーテルさんはポッと頬《ほほ》を染める。その姿は先ほどまで鬼《おに》の形相《ぎょうそう》で魔女さんを追い詰《つ》めていた人物とは、とても思えないほど可憐《かれん》です。

容赦《ようしゃ》なく亮士《りょうし》くんを引きずり回していた人物と同じ人とは思えないほどキュートです。

「お兄様っ!!」

ヘンゼルさんに抱きつくグレーテルさん。

「じゃあ帰ろうか」

「はいっ!!」

そうして自分たちの部屋に——二人だけの甘い甘いお菓子の家に入っていくヘンゼルさんとグレーテルさん。

…………えーと、どうしましょう。

なんというか……このままでは……その……色々ひどすぎなんですが。

とりあえず、いつも通りの感じで終わらせてみましょうか。

……いやでも、これはさすがにと思ったら、もう少しだけ続きがありました。

二人の甘いお菓子《かし》の家に入った瞬間《しゅんかん》、グレーテルさんがヘンゼルさんに話しかけたのです。

「……お兄様」

「なんだい？」

立ち止まったヘンゼルさんの背中にグレーテルさんは抱《だ》きついた。

「すいませんが……もう少しの間だけ、甘えさせてください」

「……グレーテル」

「お兄様が、私たちの未来を考えていることはわかります。私のために今回色々と動いていたのも。たしかに私たちは依存《いぞん》しすぎていますし、社会に出たときのことを考えると兄離《ばな》れをしなくてはいけない。そのためにお兄様は今回あの魔女《まじょ》を憧《あこが》れの目で見ることで、兄離れの予行演習としたのでしょう。それは私の幸せを想《おも》ってのことだとはわかっています」

「…………」

「ですが……私は外に出る心の準備がまだできていないんです。だから……もう少し、せめてこの学校を卒業するまでは……」

そんなグレーテルさんにヘンゼルさんはため息混じりに言った。

「……ふう、ぼくが心配するまでもなかったかな」

「いえ、お兄様のおかげで、考えないようにしていたことを考えるきっかけになりましたし、愛されていると感じられましたので、ムダではありませんでしたわ」

「そうか……にしても、ぼくが色々企《たくら》んでいたことまでばれていたとはね」

「ふふ、私はお兄様の妹です。お兄様のことはなんでもわかりますわ」

「でも、それにしては、やりすぎてないか？」

「未来は未来、今は今です。この学校にいる間は、お兄様に悪い虫は近づけさせません!!」

　ヘンゼルさんに後ろから抱きついたまま、グレーテルさんはそう宣言する。

「それにお兄様が、演技ではなく本当にあの魔女を憧れの目で見ていたのは事実ですから。そうでなければあそこまで取り乱しません。なにより、こうやって落ち着いて考えられるようになったのは、ついさっきなんですよ。……お兄様のあんな目は初めて見ましたので、不安でちょっとおかしくなってたんです」

　ちょっとどころではなかったですけどね。

「……なるほど。でも、たしかに少し急ぎすぎたかな。一人で立つマジョーリカくんを見て、気がはやったのかもしれない。…………そうだね……うん」

　そこでヘンゼルさんは振《ふ》り返り、グレーテルさんに向け微笑《ほほえ》んだ。

「グレーテル。もう少しだけ、引きこもっていようか？」

「はい、お兄様!!」

　グレーテルさんも微笑みを返し、

「もう少しとは言わず、一生でもっ!!」

「…………グレーテル」

……いやそれはダメでしょう。振《ふ》り出《だ》しに戻《もど》ってるじゃないですか。

でも、きりがないし、そろそろ終わらせないといけないので、終わらせますよ?


えー、こうして二人だけのお菓子《かし》の家に引きこもったヘンゼルさんとグレーテルさんは、未来を見据《す》えつつも、もう少しだけ引きこもることに決めました。二人が甘い甘いお菓子の家から本当に脱出《だっしゅつ》できるかどうかはまだわかりませんが、引きこもったままにしろ外に出るにしろ、このお話でより絆《きずな》を強め合った二人は、支え合い助け合って今後もたくましく生きていくのでしょう。

なぜならこの二人は、この世でたった二人だけの兄妹《きょうだい》なのですから。

めでたしめでたし

…………とか、なんとかハッピーエンド風味に話は終わらせてみましたが、どう考えてもなにかを忘れてます。それは……外に残された四人で。

「「「「…………」」」」

色々と投げっぱなしすぎますからね。どうにか収拾つけないといけないです。

追っかけられて疲《つか》れてへたり込んだ魔女《まじょ》さんを完全放置ですかとか、盾《たて》にされてぼろぼろになった亮士《りょうし》くんを無視ですかとか、色々引っ張り回され体力と精神力がほぼゼロなおおかみさんとりんごさんに目もくれないんですかとか、色々ありますからね。

ですが……まいっか。うん、いいですよね。今更《いまさら》言っても仕方ありませんし。

というわけで、

「……はぁ、疲れた」

「……はぁ、疲れましたの」

「……はぁ、疲れたっス」

「……はー、疲れたヨ～」

取り残された精神的にも肉体的にも疲労困憊《ひろうこんぱい》なおおかみさんたち三人プラス魔女さんは、色々な感情を込めた、大きな大きなため息をついたのでした。

めでたくなしめでたくなし

おまけ1　ヘンゼルさんの企み《たくら》

ハッピーエンドの少し前のこと。

『ここがあの女のハウスですね!!』

響《ひび》いてくるそんな声を聞きながら、ヘンゼルさんが言った。

「いや、妹が予想以上に迷惑《めいわく》をかけてるみたいだね」

「いいよいいよ？　迷惑をかけられているのは僕じゃないし？　なにより、貸しにさせてもらうしね？」

「お手柔《てやわ》らかに頼《たの》むよ」

いつものへらへら適当な頭取《とうどり》さんの言葉に、ヘンゼルさんは苦笑を返す。

二人は御伽《おとぎ》銀行地下本店の一番奥の大部屋で談笑をしていた。

グレーテルさんはそこに続く廊下《ろうか》の途中《とちゅう》にある魔女《まじょ》さんの工房《こうぼう》で大騒《さわ》ぎをして、そのまま外に出ていったので、一番奥にいるヘンゼルさんには気がつかなかったのです。

『今日という今日は…………魔女は？』

というわけで、はしたない言葉が筒抜《つつぬ》けなんですが、そんなグレーテルさんの声を聞きながらヘンゼルさんは笑っていた。

「はははは、いやいやグレーテルはかわいいなぁ」

「あれをかわいいと言えるとは、愛だねぇ？」

それにしてもこの二人、うさんくさいですね。

そう、この二人には怪《あや》しいよりもうさんくさいという言葉が似合います。

理由はもちろんこれでしょう。口調。

似通ってますからね。

本心を隠《かく》しつつ、相手に対して警戒感《けいかいかん》を抱《いだ》かせないというか敵を作らない対応をしようとしたら、こうなるのでしょうが……やっぱりうさんくさい。人当たりのよい笑顔《えがお》を浮かべてるから、さらにうさんくさい。ちなみに二人の笑顔は、ヘンゼルさんはニコニコ、頭取さんのほうはヘラヘラ＋苦笑みたいな感じの区分になるでしょう。

台詞《せりふ》の見分け方としては、「？」がついているのが頭取さんです。

『あの…………アマ!!』

あ、これはグレーテルさんが魔女さんの罠《わな》で真っ白になった瞬間《しゅんかん》ですね。

ということはこのあとすぐに、グレーテルさんはおかし荘《そう》に向かうということで……グレーテルさんたちがいなくなり静かになったところで頭取さんは言った。

「……行っちゃったかな？　それでまあ、君の望み通りグレーテル君は魔女君にご執心《しゅうしん》だけど、そろそろ収拾をつけてもらいたいなと思ったり？　魔女君に逃《に》げ回ってもらうにも限界があるし？」

「そうしたほうがいいかもね……」

グレーテルさん、かなりキてますからね。

「にしても、もっとほかの方法はなかったのかい？」

「ん～どうなんだろね。ぼくは、ぼくがほかの女性《ひと》に少しでも心奪《うば》われたら、グレーテルがどうなるかの確認《かくにん》がしたかったわけだけど……やっぱりああなっちゃったかという感じだよ」

「いやはや君らに貸しを作れたのはいいけど……ここまで手こずる依頼《いらい》になるとは思わなかったよ？　まあ、苦労するのは僕以外なんだけど？」

「ほかに頼《たの》む相手がいなくてね。迷惑《めいわく》をかけられるような友達なんていないし。その点、君らはギブアンドテイクなので力を借りやすいよ」

「君らは人間関係引きこもりだからね？」

「うん、ぼくらは自分たちだけが大切で、それ以外はどうでもいいからね」

「自分たちのためだけに生徒会役員になるくらいだからね？」

「生徒会役員を大過なく務めたという経験は結構なアピールポイントになるんだよ。親にほぼ捨てられてるぼくらとしては、あまり余計なお金は使いたくないから、こういうところで点数稼《かせ》いで奨学金《しょうがくきん》とか貰《もら》いたいんだよね」

「なるほどなるほど？　……そういえば一度聞きたかったんだけど、グレーテル君が副会長でないのはやっぱりリスク対策なのかい？」

「権力をぼくら兄妹《きょうだい》に集中させすぎるといらない敵を作るかもしれないし、なにか問題が起きたときに全部ぼくらの責任になるだろう？」

「……そんな君たちが運営する生徒会が、生徒たちの高い評価を得てるというのは皮肉だね？」

「それについてはぼくもそう思うよ」

「でも、そんな妹大好きな君が、どうしてまたいきなり兄離《ばな》れさせようなんて考えたんだい？」

「……ぼくは不死身なわけじゃないからね」

ヘンゼルさんは苦笑しながら言う。

「ぼくらには頼《たよ》れる家族がほかにいないんだよ。いや、ぼくらは親に恵《めぐ》まれなくてね。母親が浮気して男と出ていって、そのあとはまあ父親とぼくら二人の親子三人でそれなりに暮らしてたんだけど、しばらくして父親が再婚《さいこん》してね。でまあ、その継母《ままはは》とうまくいかなかったというか、継母がぼくらを一方的に疎《うと》ましく思っていたというか、そういうありがちな確執《かくしつ》の末に、ぼくらは捨てられたわけだ。父親が継母のほうを選んだんだよ。

ぼくらは母親似だから、父親として色々思うところがあったんだろうね。

で、成人するまでは金出してやるから家から出ていけとなって、この街に来たんだ。まあ、金出すだけマシなのかもしれないけど。母親のほうはどこにいるかわからないし、居場所がわかっても今更《いまさら》あれと住む気にはなれないし……。そもそもぼくらの名前は盛大なネタふりだったのかって話だよね。双子《ふたご》だからってこの名前をつける時点で、もう色々ダメなんだけど、それで実際に捨てちゃうとかダメすぎだよね」

ヘンゼルさんは額に手を当てて悩《なや》ましげにため息をつくが、頭取《とうどり》さんはいつもの嘘《うそ》くさい笑《え》顔《がお》を崩《くず》さずに言う。

「いやあ、君たちも苦労してるね？　でも、同情させて貸しを軽減させようとしているあたりが策士だ？」

「やっぱりキミには通じないか。個人的には、同情されようが哀《あわ》れに思われようが正直どうでもいいからね。他人にどう思われようが気にしないし。それどころか、このありがちな不幸話で味方が増えたりとかメリットがあるなら、どんどん話すよ」

「……徹底《てってい》しているね？　それにしても、おかし荘《そう》の人間はわけありだらけだ？」

「雪女《ゆきめ》さんがそういう子を選んでるからね。そのほうがおもしろいとかネタになるとか言ってるけど、あの人は……あの夫妻はとてもいい人たちだよ」

「……でも信じられないのかい？」

「…………そうだね、信じられない。二人で生きると決めたあの日、二人だけの甘いお菓子《かし》の家に引きこもったあの日から、ぼくとグレーテルはお互《たが》いだけを見てお互いだけを信じ、依存《いぞん》し縛《しば》り合っている。そんなぼくたちは幸せであり不幸でもあるんだろうね。絶対的に信じられる相手がいるけど、その相手以外は信じられないし、信じない」

「…………」

「ただね。どちらかが欠けた瞬間《しゅんかん》から、残されたほうには不幸しか残らない。救いがひとかけらも残らない。この地球上に信じられる人が一人もいなくなるんだからね。なので、今ぼくが死んだらグレーテルは間違《まちが》いなくあとを追ってくるだろう」

そこで、ヘンゼルさんは今までの笑《え》みを抑《おさ》えて、厳しい表情になる。

「そこまでわかるのかい？」

「わかるとも。なぜならグレーテルが死んだらぼくはあとを追うからね。ただ兄としては、そこが地獄《じごく》のような世界だとしても、生きていて欲しいと思うわけだよ。これが自分勝手な思いだとはわかっているんだけどね」

「それはたしかに自分勝手だね？」

「そして生きるならば幸せになってもらいたい。だからぼくらは少しでも離《はな》れて、二人だけの世界から外に出ないといけない。それに死ぬ死なないの話を別にしても、社会に出たら四六時中一緒《いっしょ》にいるわけにはいかないだろう？　離れて仕事でもしていたら、今のグレーテルじゃ耐《た》えられないだろうからね。自分の知らない女が、目の届かない場所でぼくの周りにいる。それだけで嫉妬《しっと》でおかしくなるはずだ。だから少しでも慣れさせておかないと……今はそこそこ別行動とれるようになったけど、昔はほとんど一緒にいたからね。まあ今も世間一般から見れば一緒にいすぎって感じなんだろうけど。……とまあ兄離れについてはこういう理由かな。……グレーテルの反応を見るとちょっとやそっとじゃ無理そうだけど」

「愛されてるねぇ……それで君のほうはどうなんだい？」

「どう……なんだろうね。兄としてという意識がある分、グレーテルよりはましだけど、十分グレーテルに依存しているからね。今回もこうして執着《しゅうちゃく》されることに喜びと安堵《あんど》を感じてるし。でもこのままだとまずいのはわかってる。だから、簡単には変われないとは思うけど、少しずつやっていくさ……と、余計なことを話しすぎたね。じゃ、行くよ」

「ああ、頼《たの》むよ？　今魔女《まじょ》君から連絡《れんらく》があったけど、グレーテル君は家にいるそうだよ？　とりあえず足止めしておくからさっさと来てくれだって？　というか、おちょくるとおもしろいからおちょくってたら、やりすぎてすごいことになっちゃったらしいよ？」

「わかった、急ぐことにするよ」

「ああ、そうだ。どう事態を収めるのかは決めているのかい？」

「マジョーリカくんに視線を向けていた理由は、憧《あこが》れていたからということにするよ。嘘《うそ》じゃないしね。彼女は誰《だれ》にも依《よ》らず生きているからね、それはぼくには絶対に無理な生き方で、だからこそ憧れる」

「彼女はある意味完成しているからね？」

「そうだね、たしかに……。それじゃあ」

「うん、がんばって？」

頭取《とうどり》さんはへらへらと手を振って、ヘンゼルさんを送り出した。

おまけ2　魔女さんの正体

「ごちそうさまですヨー」

おかし荘《そう》の夜。住人は雪女《ゆきめ》さん家《ち》でご飯を食べることになっているのだが、食べ始めは同時でも、食べ終わるのは各自ばらばらだ。

そして、食べ終わった魔女さんが雪女さんの住む本邸《ほんてい》とおかし荘を結ぶ渡《わた》り廊下《ろうか》を歩いているると、いきなり声がかかった。

「あの…………魔女先輩《せんぱい》」

「っ⁉　なんだヨー亮士《りょうし》かヨーびっくりしたヨー」

どうやら亮士くんは魔女さんを待っていたらしいです。……気配を消して。実にスキルの無《む》駄遣《だづか》いです。というか、気配を消して女の子を待ち伏《まぶ》せるなんて、変質者そのものじゃないですか。

「ちょっといいっスか？」

「なんだヨー」

「あの……なんというか…………作ってないっスか？」

「……どういうことだヨー」

「…………いえ、なんと言ったらいいのか……魔女先輩はそのキャラ作ってるんじゃないかなと」

その瞬間《しゅんかん》、魔女さんの表情がぴたっと固まり、

「…………」

「…………」

しばしの沈黙《ちんもく》ののち、亮士《りょうし》くんの顔を真正面から見て言った。

「……魔女《まじょ》さんの口調が普通《ふつう》になる。…………すごいね、気がついたんだ」

「はっきり言って、ほとんど……御伽《おとぎ》学園じゃ頭取《とうどり》くらいにしか気づかれてないよ？　これはあれかな？　野生の勘《かん》とか？」

「野生かどうかはわかんないっスけど、勘っス。疑問に思ったきっかけは、グレーテルさんの盾《たて》にされてたときに、おれを狙《ねら》ってたことっスかね」

「なるほど。目がいいし、経験からどこを狙ってるのかわかるのか……続けて」

「それで、あんな状況《じょうきょう》でもおれを狙ってたということは、ちゃんと目的があってそうしているというわけで、裏でなんか依頼《いらい》があったのかなとか思ったんスよ。で、依頼を受けてちゃんと仕事するとか魔女先輩のイメージとは違《ちが》ったので、あれ？　とか……まあ、基本は勘なんスけど」

「なるほどなるほど～」

魔女さんはうんうんとうなずく。

「たしかに頭取から言われてたんだよね。そろそろ終わらせるから、ちょっと時間稼《かせ》ぎしてとか。でも本気でグレーテルを狙うわけにもいかないでしょ？　というわけでキミを狙ったんだよ。キミに当たれば、この盾は役に立つと思って、グレーテルはキミを手放さない。するとほら、キミという盾を持ったグレーテルは動きがかなり鈍《にぶ》くなって、私は逃《に》げやすくなるんだよ」

「…………痛かったっスけどね」

「いや～ごめんね」

恨《うら》めしそうにそう言う亮士くんに謝りつつも、全然自分が悪かったとは思っていなさそうな魔女さんです。

「依頼のほうなんだけどね、ヘンゼルがグレーテルに兄離《ばな》れをさせたいんだけど、いきなり兄離れをさせたらどうなるかわからないから、私を出汁《だし》にして反応見ようとしたんだよ。結果は……まあ、私がからかいすぎたのもあるんだけど、あんな感じ。兄離れは無理じゃないかな？」

「なるほど、そんなことがあったんスか……」

「そうなんだよ。……じゃ気がついたご褒美《ほうび》に、私のことを説明しちゃおう」

そこで、かけるとアホな子にしか見えなくなるぐるぐるめがねを外し、魔女さんはびしっと人差し指を立てる。そこには……口元に茶目っ気のある笑《え》みを浮かべているが、深い知性をたたえた瞳《ひとみ》の美少女が立っていました。キャラがまったく違います。アホな子が知的なお姉さんキャラになってます。

「見破られたらその人には説明することにしてるし。ほら、正体を見破られたときはこう、色々ばらすのが作法だよね」

「はあ、そうなんスか……」

魔女《まじょ》さんはめがねを外したので、かなり美形なお顔が見えていて、亮士《りょうし》くんはどきどきしてます。

月明かりと家から漏《も》れる灯《あか》りに照らされた金髪《きんぱつ》とか、吸い込まれそうな青い瞳《ひとみ》とか、すさまじく幻想《げんそう》的です。

「それで説明だけどね。私ってね、変わってるのよ……世が世なら火あぶりにされてるくらいにね。なんというか、頭の中が人と違《ちが》うみたい。感動する場所、興味を示す場所、みんなな人とはずれてるんだね。しかも、それだけでも異端《いたん》なのに、見た目はこうで中身は日本人。例えるなら、周りの人はみんな四角いのに、私だけ三角って感じかな。無理して形を矯正《きょうせい》しない限り、どうやっても周りには合わせられないよ。でもそれは嫌《いや》だった」

「…………」

「だから私は魔女になろうとしたの。私は一人が苦じゃない。一人が寂《さび》しいという感情が理解できない私は、地球最後の一人になったって普通《ふつう》に生きていけそうな気がするよ。だから魔女になって孤立《こりつ》しようってね。それなら誰《だれ》にも迷惑《めいわく》かからないし。

でもキャラを作ってるというのは、違うんだよ。いつものキャラの私も今の私も、どちらも私には変わりないの。三角のまま生きてるだけ。我慢《がまん》せず思った通りに行動してるだけ。好奇《こうき》心《しん》のままに行動してるだけ。……熱中するとそれ以外が見えなくなって、色々ドジしちゃうんだけどね」

そこで、魔女さんはてへっと舌を出して、いたずらっ子のような笑みを見せる。そして、再び語り始める。

「あの口調はより三角さを引き立たせようという感じかな。

そもそも変人って楽なんだよ。変人だからの一言でだいたいのことが許されるし、なにより誰も踏《ふ》み込んでこない。変だからねの一言で、理解した気分になれるから、誰もそれから先に進もうとしないんだよ。だから私は魔女やってたんだけど、そうしてたら私のことを心配した両親に、この学校に入れられちゃったんだよ」

「なるほど」

亮士くんはうなずく。しかし、その表情には寂しいという感情が見え隠《かく》れしていた。

仲間だと思っていた魔女さんが、自分たちのことをどうとも思ってないんじゃないのかと思ってしまったんでしょう。

だが、それを見た魔女さんはにこっと笑ったあと、話を続けた。

「ただ……最近は一人じゃないというのも、これはこれで、いいかなとか思えてきたんだよ。ほら、おつうとか世話焼いてくれるし、興味深い仲間が多いし、それを心地《ここち》よく思えるようになってきたんだよね。キミとかも相当興味深いよ」

まあ、亮士《りょうし》くんはおもしろいですよね。

「……ええと、おつう先輩《せんぱい》は魔女《まじょ》先輩がそんな感じだってことには？」

「なにも言わないけどおつうは気がついてるんじゃないかな？　あの子は抜《ぬ》けてるように見えて、実は聡《さと》い子だよね。興味深いよね」

「なら、ちゃんと、このことを伝えたりは？」

「別に必要ないと思うよ。そもそも私は嘘《うそ》なんかついてないんだよ？　おつうのことを気に入ってるのも、御伽《おとぎ》銀行が居心地《いごこち》がよいというのも、私が変だというのも、みんな事実なんだよ。その人のキャラクターなんて、包装紙みたいなもので、なにをかぶってようが、中身は変わらない……涼子《りょうこ》みたいにね。まあ、好きで変人の皮かぶってる私と、強くないといけないという強迫観念《きょうはく》で狼《おおかみ》の皮かぶってる涼子は、色々な意味で違《ちが》うけどね。私のほうはこのままでなんの問題もないけど、涼子のほうはどうにかしないといけないよね。せめて一人でもいいから、毛皮を脱《ぬ》いで接することのできる人がいないと、いつかぽっきり折れちゃいそうなんだよ。ま、それはキミのがんばり次第《しだい》かな？　キミと涼子の関係も興味深いよね？」

思いっきりの上からというか、お姉さん目線からの言葉に、なにやら恥《は》ずかしくなって、亮士くんはぽりぽりと頭をかく。

「はぁ……がんばるっス」

「あ、そうだ。正体に気がついたご褒美《ほうび》に、今度いいものあげるよ。たぶん必要になると思うし。ほら、魔女は悪い魔女だけじゃなくて、いい魔女だっているんだよ？　シンデレラに魔法をかけてお城に連れていったりとか、悪い魔女に対抗《たいこう》していい呪《のろ》いをかけてみたりとか」

「…………はぁ」

いきなりキャラが変貌《へんぼう》した魔女さんの言葉に、亮士くんは気の抜けた返事をする。

どうやら脳が事態の変化についていけてないようです。

そんな鳩《はと》が豆鉄砲《まめでっぽう》でもくらったような顔をした亮士くんに、魔女さんは最後にいたずらっ子のような笑顔《えがお》でウインクをしながら言った。

「あ、そうそう……今言ったことは内緒《ないしょ》ヨー？」

おおかみさん雪の女王のせいで色々悩《なや》むことになる

「…………ないな」

「ないですの」

薄闇《うすやみ》の中で、年増《としま》……じゃなかった大人の女性と、小さな少女が向かい合って座っていた。

少女の手元が妖《あや》しく光り、二人を照らしている。

二人が話している薄暗い部屋は、乱雑に本が積み重なって足の踏《ふ》み場《ば》もなく、女性の座った微妙《びみょう》に高そうなワークチェアと、どうにかこうにか作った少女が座るスペースだけが人類の生存可能な環境《かんきょう》というひどい状態だ。

そんな怪《あや》しげで悪巧《わるだく》みに最適というか、典型的な文系の部屋というか、片付けられない女丸出しなその部屋で、禁煙《きんえん》パイプを口でピコピコ上下に動かしている女性に、小さな少女は言う。

「端《はた》から見てたら、楽しいことは楽しいんですけど……」

「まあ、そうだな。これも見てて笑えたしな」

少女の手元の妖しい光は、ノートパソコンのモニターから発せられているもので、どうやらなにかの動画を一緒《いっしょ》に見ていたようだ。

「おかげで、いいネタになってるが……」

「……なるほど。だから新しく始まったシリーズはヒロインがああなんですのね」

「こんなに愉快《ゆかい》なネタが近くに転がってるんだから、使わない手はないだろ？」

「まあそれはそうですの。……でも本人は自分が元ネタだと、まったく気がついてないみたいですけど。キュンキュンしながら読んでたみたいですし」

「あいつは自分のこと、強くて乱暴者の狼《おおかみ》少女のつもりでいるからなぁ。かわいいを自分とは結びつけないだろ」

「あんなにかわいい生き物なんですのにねぇ」

「まったくだ」

どうやらかわいい生き物のことを脳裏に浮かべているらしいお二人。先ほどまで漂《ただよ》っていた、悪巧《わるだく》みしてます！ という空気がここで霧散《むさん》しました。想像しただけで和《なご》んでしまったらしいです。

「まあ、それはともかく、このままじゃダメだろうな。…………どう考えても、ゴールした瞬間《しゅんかん》パンチはないだろ、常識的に考えて。我が甥《おい》ながら不憫《ふびん》すぎるぞ」

「せっかくヘタレなりに、がんばったんですのにねぇ……」

あーこの二人が誰《だれ》だか、皆《みな》さんはもうおわかりでしょうが、というかバレバレなんですが、あえて隠《かく》したままでいきます。

……いやそうしないと悪巧み感が出ないじゃないですか。

「うーむ、どうしたもんかな。あいつが素直《すなお》になれないのも仕方ないかもしれないが……」

「でも、このままじゃ、なにも進展しませんのよ」

二人が見ているのは、ちょっと前にあった御伽《おとぎ》祭でのメインイベント、どこかのなにかを彷《ほう》彿《ふつ》とさせるパクリっぽい障害物競走、ＡＬＡＤＤＩＮの映像だった。

「できれば、ちゃんとくっついてもらいたいんだがなぁ。あいつが姪《めい》になるというのは、すごく楽しそうだし」

「ですのよねー」

二人はそう言って黙《だま》り込み……しばらくしてから、大人の女性のほうが口を開いた。

「こうなったら……ショック療法《りょうほう》いっとくか」

その言葉に、少女はぐぐいと身を前に乗り出す。

「いっときますの？　そろそろ、少しだけでもステップアップしてもいいんじゃないかなと思いますし」

二人は見つめ合い……お互《たが》いににやりと笑った。

「なら――――な感じか？」

「いいですのね、でもどうせならもっと――――な感じで」

「それほどでもないですのよ。てゆうかそれくらいやらないといけませんのよ」

「ほほう……鬼《おに》だな」

「そうなると、適役は――――か？」

「いいんじゃないですの？　ついでに――――の皆《みな》さんにも……」

「くっくっくっ、おもしろくなりそうだ」

「まったくですのよ、おほほほほ」

ものすごく悪い顔で笑う二人。完全に悪役です。

こうして、誰《だれ》かさんの知らないところでなにやら悪巧《わるだく》みが始まりました。はてさて、どこかの誰かさんはどうなっちゃうのでしょうか。


……………と、思わせぶりに名前を呼ばなかったりしたんですが、ここでやっぱりネタばらし。


「……じゃあ、帰りますの」

「おう……と、りんご、そこ気をつけろ。倒《たお》れてきたら死ぬぞ」

「死ぬって……」

「本は集まったら凶器《きょうき》になるからな。束になれば重さで床《ゆか》を抜《ぬ》く……時々ニュースになるだろ」

「はぁ。雪女《ゆきめ》さん、この部屋いいかげん掃除《そうじ》したらどうですの？」

「時間がない」

「それじゃあ若人《わかと》さんに頼《たの》むとか……」

「この部屋だけは掃除《そうじ》させん。どこになにがあるかわからなくなるからな」

「……今でも十分、わからなくなってるんじゃないですの？」

「そんなことはない…………ぞ？」

微妙《びみょう》に自信がなさそうな雪女さんに、りんごさんはため息をつく。

「雪女さん……涼子《りょうこ》ちゃんがこの有様《ありさま》を見たら泣きますのよ？」

「大丈夫《だいじょうぶ》だ。あいつはこの部屋に入れないから。夢は夢のままに、憧《あこが》れは憧れのままにしておくべきだ」

「そこまで涼子ちゃんのこと考えるなら、デキる女流小説家の部屋って感じにしたらいいですのに……とりあえずカーテンくらいは開けましょうですの……」

りんごさんはそう言いながら、ひょいひょいと本の塔《とう》の間を縫《ぬ》って窓に向かい、カーテンを開けた。

「これはだな、悪巧みな空気を出すためにわざわざ…………ぎゃ～～～～灰になるー」

「雪女さん、あなたはいったい、どこの吸血鬼《きゅうけつき》ですの……あと、お約束すぎですの。もっとひねって」

「……目が～目が～」

「どこの大佐ですの。てゆうか、それ前に私がやりましたし、一話前にも使われてますの」

「うおっまぶしっ」

「マニアックすぎですの」

「……厳しいな」

「芸の道は厳しいんですのよ」

りんごさんこそ、いったいいつ芸人になったんですか……。

とまあ、そんなこんなで、始まりです。

・

どこかでロリとババ……美少女とお姉様の悪巧《わるだく》みが行われた数日後、裏で進行している謀《はかりごと》に気づいてすらいないおおかみさんは普通《ふつう》に過ごしていた。

普通に起きて、普通にご飯を食べて、普通に歯を磨《みが》いて、普通に着替《が》えて、普通に登校する。

そんな普通の朝に、今日も変な依頼《いらい》者が来たり、りんごさんが相変わらず歯に衣《きぬ》着せぬ物言いで色々言って、亮士《りょうし》くんが恥《は》ずかしいことを言って、おおかみさんが亮士くんを殴《なぐ》る。おかしいけれども愉快《ゆかい》で楽しいいつもの一日が始まると、おおかみさんは疑いもしていなかった。

しかし……今日はいつもと違《ちが》った。

なにやら用事があるとりんごさんが先に家を出たので、おおかみさんが一人で登校していたら、いつも通り亮士くんに遭遇《そうぐう》した。ついでに隣《となり》にはマチ子さんもいる。

亮士くんとマチ子さんが一緒《いっしょ》にいることについては、おおかみさん的にも特に問題なし。一つ屋根の下に住んでて、しかもクラスメイト。仲も別に悪くない。となれば、まったく一緒にならないほうが不自然ですからね。時々は一緒に学校に来るんですよ。

……………が、何度も言うように今日はいつもと違った。問題はそのあとだったのだ。

おおかみさんに気がついた亮士くんは、ちらっとおおかみさんを一瞥《いちべつ》したあと、挨拶《あいさつ》もなにもせずおおかみさんの横を通り過ぎようとしたのだ。マチ子さんに至っては完全に無視だ。

そんな二人、特に亮士くんに、むかっと来たおおかみさんは、その肩《かた》を掴《つか》んで言った。

「おいこらてめぇ、亮士のくせに、オレを無視するとはいい度胸じゃねーか」

いつもなら、ここで亮士くんは「すいませんっス〜」とかヘタレな感じで謝っていたはずだ。

だが、亮士くんは今までに見たこともないような不機嫌《ふきげん》な顔で言った。

「…………離《はな》してくれないっスか？」

「なっ!?」

今までにない対応に、おおかみさんは思わず呆《ほう》けてしまう。思わず手を離してしまい……亮士くんはそんなおおかみさんに目もくれず歩き去る。なにやら楽しそうにマチ子さんと話しながら。

呆然《ぼうぜん》と立ち尽《つ》くし、おおかみさんはそんな二人を見送る。

こうして、ある普通《ふつう》の秋の日に、おおかみさんの普通が唐突《とうとつ》に終わりを告げた。

おおかみさんが非常に不機嫌《ふきげん》な顔で外を見ていた。

おおかみさんがいらついているのは、朝、亮士《りょうし》くんに邪険《じゃけん》にされたのもあるのだろうが、一番の理由はこれ。

「ね～ダ～リン」

「いや、ははは……」

亮士くんとマチ子さんが仲良くしている感じだったからだ。

亮士くんの笑顔《えがお》がなにやら引きつっているように見えるが、頭に血の上っているおおかみさんは気づいていない。

ギリリ
これはおおかみさんの口から聞こえてくる音です。

タンタンタンタンタン
これはおおかみさんの足先が床《ゆか》を叩《たた》く音です。

なにが言いたいのかというと……おおかみさん、相当キてます。

だが……クラスの雰囲気《ふんいき》はいつもと変わらない。不自然なくらいに変わらない。

いつもと同じ空気が流れる教室。

まるで、おおかみさんがいないかのように振《ふ》る舞《ま》うクラスメイトたち。

そして、おおかみさんはぽつんと一人で外を見ている。

おおかみさんとほかのクラスメイトの間には見えないけれども確実に壁《かべ》があり、それはおおかみさんが自ら作ったものではなく、ほかのクラスメイトがおおかみさんを避《さ》けることでできた壁で、今のおおかみさんに話しかけるのはりんごさんだけだ。

まるで……今までのことがすべて夢だったかのよう。

最初は怖《こわ》がられていたが、亮士くんの登場で素《す》の表情を出すようになったおおかみさんは徐々《じょじょ》にクラスに受け入れられていき、共に文化祭を楽しむまでになった。

おおかみさんを恐《おそ》れ、我関せずを決め込んでいた、入学当初のクラスメイトたちの姿はなくなっていたのだ。

だが今は……

「……ちっ」

わけのわからないいらだちから、おおかみさんは外を見ながら舌打ちをする。

昔はこれが普通だったにもかかわらず、今ではそれが不愉快《ふゆかい》で、いらいらが止まらない。

特に亮士くんの態度の激変が、昨日までとの落差が信じられない。

だが、意固地になっているおおかみさんは——なんでこんなことになっているのかを、亮士くんに問い詰《つ》めることもできない。

混乱と、いらだちと、おおかみさんがかぶった嘘《うそ》の毛皮が、それを阻《はば》む。

「…………」

なので、今の状況《じょうきょう》をどうすることもできないおおかみさんは、ただ一人で黙《だま》って外を見続けるしかなかった。


放課後、今日は御伽《おとぎ》銀行に詰《つ》める日ではなかったので、おおかみさんはそのままジムに直行し、サンドバッグをぼこぼこに殴《なぐ》っていた。

「くそっ……いらつく、くそっくそっ……くそっ」

これはおおかみさんの、ストレス発散方法なのだが、

「くそっ!!」

今日は一向にいらだちが収まらない。

ペースも考えず、ただ怒《いか》りのままに感情を叩《たた》きつけるかのように、サンドバッグを殴り続けるおおかみさんだったが、

「おい」

「あん!?」

肩《かた》を叩かれ、すごい顔で振《ふ》り向いた。

「そのへんにしておけ……やりすぎは身体《からだ》に毒だと、わしは前に言わなかったか?」

自分の肩を叩いた人物、ハゲで眼帯でいいガタイをした中年男を見て、おおかみさんは力を抜《ぬ》いた。

「熊《くま》さ」

「おやっさんと呼べー!!」

このめんどくさい人は、このボクシングジムの主で熊田《くまだ》さんといいます。一応、今の強いおおかみさんを作った人なんですが、なんに影響《えいきょう》受けてるか丸わかりです。まあ、すごくめんどくさいですが、悪いおやじじゃないんですよ。色々やさぐれまくってた過去のおおかみさんを陰《かげ》ながら面倒《めんどう》見ていた人ですしね。

「…………おやっさん」

「……それでいい。で、どうした？　なんかあったのか」

「それは……」

「そんなむちゃくちゃやっても身体壊《こわ》すだけだぞ？」

「…………」

「言えねーか。……まあいい。今日はもう帰れ。身体も限界だろうしな」

「そんな!!」

と、おおかみさんは抗議《こうぎ》したが、熊田さんのおかげで自分の身体の状態を自覚してしまったのか、急激に力が抜けていくのを感じ、おおかみさんはふらついた。

おおかみさんは、こうなってしまうまで一心不乱に叩《たた》き続けていたのだ。

どれだけおおかみさんがおかしくなってしまっているか、これだけでもわかります。

熊田《くまだ》さんはそんなふらつくおおかみさんを支えてから言った。

「ほれみろ」

「………」

「なんがあったかは知らねーがな、わしの目が黒いうちは、それ以上のことはやらせねーぞ。今日はもう帰って、フロ入ってメシ食って寝《ね》ろ」

「………わかり……ました」

おおかみさんは悔《くや》しそうにしながらも、熊田さんに素直《すなお》に従った。

ぺこりと頭を下げ、おおかみさんは少しだけ身体《からだ》を休ませようと、スポーツドリンクを片手にジムの端《はし》にあるベンチに座った。

タオルで汗《あせ》を拭《ふ》き、スポーツドリンクで喉《のど》を潤《うるお》しながら、おおかみさんは道路に面した窓かられぼーっと外を眺《なが》める。

行き交《か》う人々をなんの気なしに眺めていたら……気がつけばおおかみさんは一人の少年を目で追っていた。

目で追ったのは…………亮士《りょうし》くんに似た背《せ》丈《たけ》の少年だった。

「……っ!?」

それに気がついたおおかみさんは頭を振《ふ》って、今見た亮士くんの幻影《げんえい》を振り払《はら》う。

「べっ別に、あいつがいなくたって、オレは大丈夫《だいじょうぶ》だ。どうせ、昔はいなかったんだからな」

おおかみさんは自分に言い聞かせるようにつぶやく。

しかし、わき上がってくるのは、口から出る言葉とは正反対の感情で……

「あーくそっ!!」

おおかみさんは、乱暴に空になったスポーツドリンクのペットボトルを、ゴミ箱に投げ捨てた。

「…………くそっ」

そして、おおかみさんは今見た幻《まぼろし》やいらだちをすべて洗い流してしまおうと、更衣《こうい》室に向かった。

翌日、御伽《おとぎ》学園学生相互扶助《そうごふじょ》協会、通称《つうしょう》御伽銀行の地上支店にいるのはおおかみさんとりんごさんの二人だった。

なぜ亮士くんがいないかだが、それは、

「あ、森野《もりの》君なら頭取《とうどう》さんの仕事手伝ってるので、しばらく来ませんのよ」

ということらしかった。

そんなわけで、おおかみさんは肩《かた》すかし。今日も朝から亮士くんには無視られてて、でも教室ではマチ子さんがいつも一緒《いっしょ》にいるし、人が多すぎる。なので放課後御伽《おとぎ》銀行で亮士《りょうし》くんに文句を言ってやると思っていたのだ。

そんな不完全燃焼極《きわ》まりないおおかみさんが、いらいらしながら備えつけのボロいソファに寝《ね》っ転がっていると、

「やっほー、今日は依頼《いらい》に来たわよー」

マチ子さんがやってきた。

マチ子さんはこの二日間亮士くんといちゃついていた、つまりおおかみさんの周囲で起きた異変の原因の一つなので、「ちょうどいい、亮士の代わりに問い詰《つ》めてやる……」とおおかみさんが口を開こうとした瞬間《しゅんかん》、りんごさんが先に口を開いた。

「それで依頼とは何ですの？」

「恋の応援《おうえん》をしてもらおうかと思って」

そのせいでおおかみさんは口を出せない。

「ええと、お相手は誰《だれ》ですの？」

「もちろん、ダーリンに決まってるじゃない!!」

「なっ!?」

自信満々で言うマチ子さんに、思わずおおかみさんは驚《おどろ》きの声を上げてしまう。

ここでようやくおおかみさんは口を出した。

「おっおいマチ子、お前………亮士のことあきらめたんじゃなかったのか？」

「は？　なんで涼子《りょうこ》がそんなこと聞くの？　涼子には関係ないでしょ？」

が、マチ子さんはそう言って一刀両断する。

「なんでって亮士は……」

「自分のことが好きだとでも？」

「ぐっ」

図星を指されたからか、おおかみさんは絶句する。

それを見て、マチ子さんは鼻で笑った。

「思い上がりも甚《はなは》だしいわね。てゆうか、今までの自分の行動思い返してみたら？　あのざまでよくそんなこと言えるわ。ダーリンはすごくいい男だけど人間よ。自分の想《おも》いに応《こた》えてくれない。身体《からだ》を張っても、邪険《じゃけん》に扱《あつか》われる。がんばっても殴《なぐ》られて……そんな感じなら想いが冷めたって不思議じゃないでしょ。好意というのは態度で、言葉で示さないと伝わらないわ。あげるだけでなにも貰《もら》えなかったら、どんな恋でも空っぽになって枯《か》れるわよ」

正論すぎる正論に、おおかみさんは反論できずに黙《だま》り込む。

「涼子、あんたはダーリン……亮士の好意にあぐらをかき、それに応えなかった。だから、愛想を尽《つ》かされた。なにかおかしなことある？」

「…………」

「そもそも、あんたとダーリンは恋人同士でもなんでもない、ダーリンがあんたのことを好きならともかく、そうでなくなったのなら別にウチがアピールしたってなんの問題もないでしょ？　違《ちが》う？」

「………………」

「ま、ウチが傷心につけ込んだと言われても否定はしないけど、誰《だれ》が悪いかといえば、傷つけたあんたが悪いわ。というわけで、ウチは傷心のダーリンを慰《なぐさ》めつつ、いい仲になろうとしてるわけよ」

「なるほどですの……」

「まあ、この依頼《いらい》は涼子《りょうこ》じゃ無理そうだから、りんご、あんたに頼《たの》むわ」

おおかみさんは黙《だま》ってなにかを言いたそうに、縋《すが》るような目つきでりんごさんを見るが、りんごさんはそれに気がつかない。いや、気がつかないふりをする。

「了解《りょうかい》ですの。じゃあまあ、場所を変えましょうですの。涼子ちゃん、留守番お願いしますの」

「……ああ」

そうしてりんごさんとマチ子さんは去り、一人残されたおおかみさんは下を向き立ちすくむ。

なにも言い返すことができなかった。

それは、マチ子さんの言葉はどこまでも正論で、なにもおかしなところがなかったから。

自分を強くし護《まも》ってくれていた狼《おおかみ》の毛皮があるゆえに、おおかみさんは素直《すなお》になれず、今の事態を招いてしまった。

しかし、この狼の毛皮を脱《ぬ》いでしまえば、おおかみさんはただの弱い女の子に戻《もど》ってしまうのだ。

狼の毛皮を脱ぎ、昔の自分に戻ったとしても……そんな弱い自分を亮士《りょうし》くんが好きだと言ってくれるとは思えない。

毛皮を着たままだと素直になれず、毛皮を脱げば残るのは認めたくない弱い自分だけ。

「…………」

だから、おおかみさんにできるのは、ただ歯を食いしばり拳《こぶし》を握《にぎ》りしめて立ち尽《つ》くすことだけだった。

いらいらいらいらと、いらだつおおかみさん。

りんごさんがマチ子さんと消えたあと、一人で留守番をしてたおおかみさんだったが、お客が来ることはなく……というか一人来たのだがおおかみさんのオーラがやばいことになってたので、なにも言わずに逃《に》げ帰ってしまった。

そんなわけで普通《ふつう》に一人で家路についていた。

帰ってきたおおかみさんは部屋で一人いらだち眉間《みけん》にしわを寄せ、物に当たる。枕《まくら》を投げ、クッションを投げ、亮士《りょうし》くんに貰《もら》った猫《ねこ》のぬいぐるみまで投げてしまう。

はっきり言って……かわいくありません。

「…………くそっ」

おおかみさんもそんな自分のことを理解しているのか、それとも少し頭が冷えて自分のことを冷静に見られるようになったのか、下に落ちた猫のぬいぐるみを見て悲しそうな表情をしたあと、今度は自分に向けて小さく小さく言った。

「………………ちくしょう」

それからしばらくしてりんごさんが帰ってきた。

「ただいまーですの」

妙《みょう》に明るいりんごさんの声、完全に空気が読めてません。

「…………」

りんごさんは転がってるクッションやらぬいぐるみやらを見て、ぴくっと一瞬《いっしゅん》固まったあと、それでもいつも通りにおおかみさんに話しかける。

「ふう、疲《つか》れましたの〜」

「…………」

そんなりんごさんにおおかみさんはなにか聞きたそうな顔をした。しかしりんごさんが聞きたいことを一向に話しかけてこないので、おおかみさんは仕方なく口を開いた。

「……りんご」

「なんですの？」

「いや……なんでもない」

でも、おおかみさんは聞けない。

意地と強がりが邪魔《じゃま》をするのだ。

だが、これはよく見られる光景。いつもと違《ちが》うのは、これと同じような会話がいつまでも続いてしまうことか。いつもはおおかみさんの意をくんだりんごさんが答えてくれるから、こんなに長引くことはないのだ。

なのに、今日のりんごさんは知らんぷり。

おかげでおおかみさんは同じような会話を続け、何度も聞きそびれるということになっている。しかし、何度目かにとうとう聞きたいという願望が意地を超《こ》えた。

「………………マチ子はどうだって？」

「んーどうにも森野《もりの》君がとても傷心でやけっぱちになってるので、慰《なぐさ》めつつひび割れた心の隙《すき》間《ま》に入っていこう～という感じですの」

「……なんだそりゃ。そんな、人の弱みにつけ込むとか卑怯《ひきょう》だろ。そもそも、亮士も亮士だ、あいつオレのことをすッ好きだって言ったくせに！」

たまっていたものが爆発《ばくはつ》したのか、おおかみさんは思いを次々に口にする。

「あんな簡単に変わるなんて、どうなってやがんだ!! まったくあいつは……」

そう言うおおかみさんに、りんごさんは真面目《まじめ》な顔をして言った。

「……涼子《りょうこ》ちゃん」

「……なんだよ」

おおかみさんはぶすっと不機嫌《ふきげん》そうな顔になる。

「今の涼子ちゃんはすごくかわいくないですのよ」

「…………オレは元々かわいくねーよ」

「子供みたいにすねて、人のせいにして……」

「……」

「こうなったのも、涼子ちゃんがそもそもの原因でしょう? たしかに涼子ちゃんが素直《すなお》になれないのもわかりますの。でも、いつまでもそのままじゃいけないって、涼子ちゃんもわかってるんですのよね? 失ってしまったら元に戻《もど》らないものもあるんですのよ?」

「うるせえっ!!」

そう諭《さと》してくるりんごさんに、おおかみさんは思わず声を荒《あら》げてしまう。

叫《さけ》んだあとにハッと我に返り、ばつが悪そうにそっぽを向くと……立ち上がり上着を羽織った。

「どこ行くんですの?」

りんごさんがそう聞くと、おおかみさんはりんごさんのほうを見ずに言う。

「……頭冷やしてくる」

そうしておおかみさんは部屋を出る。日はもう早く沈《しず》むようになり、すでに周囲は薄暗《うすぐら》かった。おおかみさんは、秋も深まり大分冷えてきた夕闇《ゆうやみ》の中を、ぶらぶらと当てもなく歩いていく。日が完全に沈んだ頃《ころ》、気がつけば見覚えのある場所に来ていた。

その事実に気がついたおおかみさんは、自嘲《じちょう》するかのように口の端《はし》を上げ、そっとその家の庭に入った。すると、芝生《しばふ》に寝《ね》そべっていた二匹《ひき》の犬が身体《からだ》を起こす。

この犬たちの名前はエリザベスにフランソワ、亮士《りょうし》くんの愛犬だ。

そう、ここは雪女《ゆきめ》さんの家。その敷地《しきち》内には雪女さんの営むおかし荘《そう》があり、そこに亮士くんが住んでいるのだ。

「…………」

おおかみさんは無言でおかし荘を眺《なが》める。

おおかみさんの様子がおかしいのに気がついたのか、犬たちはいつものように飛びかからず、そろそろとおおかみさんに近寄り身体をすりつけた。

そんな犬たちに目を細め、おおかみさんは笑顔《えがお》を浮かべる。だが……その微笑《ほほえ》みにはやはり陰《かげ》があった。

「お前ら元気だったか？」

「わふ」

おおかみさんはかがみ込み、犬たちを撫《な》でる。

「なあ、お前らのご主人は元気してるか？」

「わふ」

「そうか。じゃあ、お前らのご主人は……オレのこと嫌《きら》いになったのかなぁ」

「わふわふ」

「そうなのか？　……でも……愛想は尽《つ》かされたんだよなぁ」

「……わふ」

「……わかってるんだ。オレが悪いってのは。でも、怖《こわ》いんだ……」

おおかみさんはぎゅっと犬たちを抱《だ》きしめる。

おおかみさんの震《ふる》えが伝わっているからか、犬たちはただただ抱きしめられるまま動かない。

「すごく怖いんだよ……」

そんなおおかみさんの気弱な声を聞く者は、二匹《ひき》の犬たちのほかに誰《だれ》もいなかった。

おおかみさんの普通《ふつう》の日常がいつかの日常に戻ってしまってから一週間ほどの時が流れた。

相変わらず教室では亮士《りょうし》くんとマチ子さんがいちゃつき、おおかみさんは腫《は》れ物扱《ものあつか》いで無視。

しかもりんごさんとの関係もぎくしゃくし、りんごさんとの間になにやら一枚壁《かべ》があるみたいで……いつかは平気だった孤独《こどく》がおおかみさんを追い詰《つ》める。なぜなら、おおかみさんの嘘《うそ》の毛皮は何度も破れてぼろぼろだから。

色々な人たちと関《かか》わり、特に亮士くんとの出会いでおおかみさんは変わっていたのだ。弱く、そして強くなっていたおおかみさん。しかし、強さの元となった絆《きずな》がなくなってしまえば残るのは弱さだけ。

そんなおおかみさんは心ここにあらずといった様子で服を脱《ぬ》ぐ。

……いや、別におおかみさんが恥女《ちじょ》というわけではなくここは更衣《こうい》室なんですよ。御伽《おとぎ》学園の女子更衣室に、なにがとは言いませんが色とりどりの魅惑《みわく》の布地が乱舞《らんぶ》してました。

……まあ、ただ次の授業が体育なので女の子たちが着替《が》えているだけなのですが。

女の子だけなので、色々と大胆《だいたん》です。

そんな中でも一際輝《ひときわかがや》いていたのが、

「あっ、マチ子気合い入ってるじゃない」

「ふっふっふっ、まあね〜」

……マチ子さんだった。

マチ子さんが着けている下着は布地の面積が足りてなくて、布地の厚さも所々足りてなくて、冬服になったからか色もすごく濃《こ》くて……と、実にけしからんことになってます。

ここに紳士《しんし》の皆《みな》さんがいたら、女子高生は白だろ!! 白がいいものなのは同意だが、ワンポイント、特に動物プリントは認めるべき!! いや縞《しま》パンこそ至高!! あほか、女子高生が大人の下着という背伸《せの》びしてる感がいいんだろうが!! と、血で血を洗う仁義なき戦いが始まるところですよ。

あ、ちなみにマチ子さんは並盛りなのですが、寄せて上げてるのか大盛りに近くなってます。

そんな下着をつけたマチ子さんはセクシーな格好で仁王立《におうだ》ちしながら言った。

「今夜………決めるわ」

そして、人差し指と中指の間に親指を突《つ》っ込むという、実にはしたない形に握《にぎ》り込んだ手を女の子たちに見せるマチ子さん。マチ子さんのイメージがひどいことになりそうなので、とりあえず手の部分にはモザイクかけておきますね。

ちなみにこのマークは女握りというらしいですが、よい子のみんなは人前でやらないように。

「えー!!」

「とうとうっ!?」

「そのために奮発したのよ! ……高かったのよ!!」

そういえば、親に売られかけたというヘビーな過去を持ったマチ子さんは、苦学生だったりします。まあ、生命力にあふれているので、見ててもそんなに悲壮《ひそう》感はありませんが。

「ダーリンは、どっかの誰《だれ》かにまだ未練が残ってるみたいだけど……」

そこで離《はな》れた場所で、知らんぷりしていたおおかみさんがぴくっと震《ふる》えた。それを見たマチ子さんはニヤッとして話を続ける。

「……ヤってしまえばこっちのもんよ。女は初めての男を忘れないというけど、男だって忘れないわよ。それになにより……ウチの身体《からだ》で全部忘れさせてあげるわ!!」

「「「きゃー」」」

わいわい騒《さわ》ぐ女の子たち。

だがおおかみさんは、その騒ぎから、そして今後訪《おとず》れるであろう未来から逃《に》げるように、足早にその場を立ち去った。


その日の夕方、おおかみさんは怒《いか》りすらわかなくなったのか、なにもやる気が起きなくなったらしく家にこもっていた。今日は御伽《おとぎ》銀行の受付当番ではないので、普通《ふつう》ならジムに行っている時間帯なのだ。

でも、おおかみさんは死んだ魚のような目で寝《ね》っ転がっている。おおかみさんはクッションを枕《まくら》に、床《ゆか》に敷《し》かれたラグの上でただボーッと天井《てんじょう》を見ている。

それを見たりんごさんはおおかみさんの頭のすぐ横に座り、その顔を覗《のぞ》き込んだ。

「ねえ、涼子《りょうこ》ちゃん」

「………」

だが、おおかみさんはボーッとしたままだ。

そんなおおかみさんに、りんごさんは一つため息をついた。

そして、りんごさんはおおかみさんの頭を自分の太ももの上に移動させた。この体勢はいわゆる膝枕《ひざまくら》で……いつもならおおかみさんは恥《は》ずかしいとか言って拒否《きょひ》しそうなものだが、今のおおかみさんはされるがままだ。

「ねえ、涼子《りょうこ》ちゃん」

りんごさんはおおかみさんの髪《かみ》をなでながら優《やさ》しく言う。

「涼子ちゃんが、怖《こわ》いのもわかりますの。前の恋があんなにひどかったんですもの」

「…………」

「涼子ちゃんが素直《すなお》になれないのもわかりますの。素直になることは、今まで自分を覆《おお》っていた嘘《うそ》の毛皮を脱《ぬ》ぐこと……今まで必死に守っていた心をさらすということですものね」

おおかみさんはただただ黙《だま》って、りんごさんの声を聞く。

「でも涼子ちゃんは素直にならないといけませんの。思い出してくださいの。今までの森野《もりの》君の行動を……お馬鹿《ばか》なところもありましたけど、純粋《じゅんすい》に涼子ちゃんのことを想《おも》って、涼子ちゃんのためにがんばってましたの。その想いを……がんばりを、素直になれないからといって、ただ受け取るだけでなにも返さないというのは虫のいい話じゃありませんの？」

りんごさんが言うと深みが違《ちが》います。りんごさんはおおかみさんと亮士《りょうし》くんの二人のことを一番近くで見てきた人ですからね。

「…………」

「ねえ、涼子ちゃん。涼子ちゃんは素直になるのと森野君を失うの、どっちが怖いですの？嘘をつくのをやめて失うものと、素直になって得るもの、どっちが多いですの？」

「…………」

「このままだと、自分を守りたいがあまりに自分に嘘をついてると、本当に大切なものをなくしちゃいますのよ？　でも、今ならまだ間に合うかもしれないんですのよ？　なら、どうするかは考えるまでもないですの。ちょっとだけ自分に素直になって、したいようにすればいいんですの」

「…………」

「ね、涼子ちゃん……がんばれですの」

そこでりんごさんはにっこり笑顔《えがお》でおおかみさんの顔を覗《のぞ》き込み……ぱっと正座していた足を開いた。もちろん、太ももの間にちょうどはまっていたおおかみさんの頭は下に落ちる。

ごんっ

「うぐっ」

ラグが敷《し》いてあったとはいえ、少し痛かったおおかみさんは声を漏《も》らした。

「さあ、甘やかしタイムは終わりですの。だって私はマチ子さんに恋の応援《おうえん》をしてと言われてるんですもの」

いてぇ……と打った場所を手でなでながら上半身を起こしたおおかみさんに、りんごさんは言う。

「というわけで、さっさと森野《もりの》君のところに行って、決着つけてきなさいですの。さっさとしないと、森野君がマチ子さんの毒牙《どくが》にかかって不戦敗ですのよ？　仕事に手を抜《ぬ》かない主義なので、乙姫《おとひめ》さんに初夜の作法を色々とマチ子さんに仕込んでもらったんですの。ヤったら一発で陥落《かんらく》しちゃうかもしれませんの。あ、今の時間だったら森野君はたぶん自分の部屋にいますのよ」

「……」

お前は敵なのか味方なのか……なんて感じの目でおおかみさんがりんごさんを見ると、いつかと違《ちが》い、おおかみさんの目からしっかりと意図を読み取ったりんごさんはしれっと答える。

「ん～ぶっちゃけ私はどっちでもいいんですのよ。森野君とくっついて幸せになるもよし。ふられたらふられたで、傷心の涼子《りょうこ》ちゃんにつけ込んで、いちゃいちゃぬるぬるといった関係になって、涼子ちゃんを独《ひと》り占《じ》めというのもなかなかおつなものでしょうし。あ、そうなった場合でも幸せな一生は保証して差し上げますの」

……たぶん本音ですね。まありんごさんですし、さもありなんといった感じですか。

「そんな感じで、ダメでも私が思いっきり甘やかしてあげますから……さあ、さあ」

そう言ってりんごさんはおおかみさんを立ち上がらせると部屋から追い出す。

「どうにか決着つけてこないと、お家《うち》に入れませんのよ～」

そんな声を背に受けながらおおかみさんは歩き出した。


マチ子さんの依頼《いらい》を受けたことで、りんごさんにも見捨てられた……と思っていたら、実はそうではなかった。

「……ったく」

そんなりんごさんの応援《おうえん》で、少しだけ勇気がわいてきたおおかみさんだったが、それでも急ぐことはなくゆっくりと歩いていた。

急ぎたいけど怖《こわ》い……しかし、行きたい。

そんな想《おも》いの結果がこの速度。

遅《おそ》いけれども、着実に亮士《りょうし》くんに近づいているというこの速さ。

震《ふる》える足を無理矢理前に動かしているがゆえのこの速度。

おおかみさんは歩きながら自分の亮士くんに対する行動を思い出し、そして亮士くんの自分に対する行動を思い出す。そして結論は……とりあえず謝ろうということ。

色々なことがあった。

そう、この半年間は一言では言い表せないほどに、色々なことがあったのだ。

間違《まちが》いなくいい思い出として残るであろう、楽しい日々。

そして、その楽しい日々を送れた理由の一つに、間違いなく亮士《りょうし》くんの存在があった。

おおかみさんのおかげで、亮士くんが一歩を踏《ふ》み出せたように、おおかみさんも亮士くんからたくさんのものを貰《もら》っていたのだ。亮士くんが真っ正面からぶつかってきたから、おおかみさんは素《す》の自分をさらけ出すことになり、学園生活が楽しいものとなった。

「………」

それなのに自分は……

心の中で、感謝と後悔《こうかい》と最近形になってきた亮士くんへの想《おも》いを整理整頓《せいとん》していくおおかみさん。一歩歩くごとにごちゃごちゃだった頭の中が整理されていく。

その作業が終わり、自分の想いと決意が決まった頃《ころ》、気がつけばおおかみさんはおかし荘《そう》に到着《とうちゃく》していた。

「よしっ!!」

おおかみさんは少しだけ気合いを入れておかし荘の階段を上ると、おかし荘二階の五号室の前で足を止めた。この扉《とびら》の向こうに亮士くんがいるはずなのだ。

深呼吸をし、気をどうにか落ち着けて、おおかみさんはおそるおそる扉の向こうに声をかける。

「亮士……いるか?」

「…………………………………………なんっスか？」

そのおおかみさんの不安混じりの声に答えたのは、思い出の中のものとはまったく違う冷たい声で、おおかみさんはビクッと震《ふる》える。

震えるおおかみさんのその姿はまるで、恋に怯《おび》えるただの少女のようで……いつもの狼《おおかみ》の姿はそこにはない。

「えっあっ……」

亮士くんの氷のような冷たい声に、おおかみさんの勇気が萎《な》えかける。

だが、ここで引いてしまったらりんごさんの言う通り、大切なものを失ってしまう。それは絶対に嫌《いや》だ……と、おおかみさんはなけなしの勇気を絞《しぼ》り出して言った。

「りょっ亮士……聞いてくれ」

おおかみさんは閉じたままの扉に向かって話しかける。

「オレは、オレは…………以前、お前に嫌《きら》いじゃないと言った。いつか……とも言った」

ラブホでおおかみさんが表と裏を間違えられたときの話ですね、わかります。

「そんなことを言うくらいだ。オレは……オレがお前のことをどう思っているか、うすうす気づいてる。でも……オレはその想いをどうしても認められない」

扉の向こうから返事はないが、それでもおおかみさんは想いを吐《は》き続ける。

「オレはりんごのおかげで、もう一度人を信じられるようになった。御伽《おとぎ》銀行で信じられる仲間もできた。でも、それでもまだオレは……誰《だれ》かを好きになることが怖《こわ》くて仕方ないんだ。……前に好きになった相手があれだったから……」

まあ、羊の皮をかぶったゲス野郎《やろう》でしたからね、おおかみさんが自分の見る目を信じられないのもわかります。

「亮士《りょうし》があいつとは違《ちが》うというのはわかってる。でも……それでもまだ怖いんだ。だから気がついてないふりをして、はぐらかして……」

うつむいたまま言葉を吐《は》き出していたおおかみさんは、

「……これが甘えだということはわかってる。お前がオレにくれた想《おも》いにあぐらをかいているだけだというのもわかってる。受け取っているばかりで、なにも返さない。離《はな》れていって欲しくないから思わせぶりなことを言うくせに、想いに応《こた》えない。愛想を尽《つ》かされても仕方がない。でも……この一週間で痛いほど理解した。それでもオレは……お前が側《そば》にいないのがいやなんだ。すごくすごくいやなんだ」

いやなんだと言った瞬間《しゅんかん》、顔を上げた。扉《とびら》で姿は見えないが、そこにいるはずの亮士くんを見つめて言う。

「なあ、亮士。まだ、オレのことを少しだけでも想ってくれてるなら、オレにもう少しだけ時間をくれねーか？　虫のいいことを言ってるのはわかってる。でも、それでもオレは……。お願いだから……」

お願いだから私を嫌《きら》わないで……


小さく、かすれたような声でそう言ったおおかみさん。

これはまさしく素直《すなお》なおおかみさんの気持ち。

嫌われ者の狼《おおかみ》を気取っていた、おおかみさんが漏《も》らしてしまった本心。

嘘《うそ》の毛皮を剝《は》ぎ取った、本当のおおかみさんの想い。

おおかみさんの弱さから出た言葉だが、勇気を振《ふ》り絞《しぼ》る強さがあったからこそ伝えられた言葉。

ガチャッ
すると、そんなおおかみさんの心に応えるかのように扉が開き……

開き……

開き…………………そこにいたのは、思わず賞賛してしまいそうなほどに見事な土下座をしている亮士くんと、大成功～と書かれたプラカードを持ったりんごさんとマチ子さんと雪女《ゆきめ》さんだった。

「うんうん、よく言った」

「まったくよ」

「涼子《りようこ》ちゃん、痛みに耐《た》えてよくがんばりましたの!!　感動しましたの!!」

なにやらゴキゲンで、きゃっきゃ言ってる三人と、相変わらず土下座したままの亮士《りようし》くん。

りんごさんがいるのは、おおかみさんがとろとろしている間に、先回りしたんでしょう。

まあ、それはともかく、

「…………」

いったいなにが起こったんだ？　と、脳が停止しているおおかみさんに、りんごさんがネタばらしを始める。

「えっとこれはですの。涼子ちゃんがあまりにも素直《すなお》にならないので、一芝居《ひとしばい》打ったんですのよ」

「…………」

調子よくりんごさんが説明しているが、

「森野《もりの》君を脅迫《きようはく》……もといお願いして、涼子ちゃんに冷たい態度をとってもらって、マチ子さんにも協力をお願いして、森野君といちゃついてもらったんですの。涼子ちゃんに色々考えさせて、本当に大切なものに気がついてもらうために」

「…………」

おおかみさんはやっぱり固まったまま、脳みそがフリーズしている。

「ちなみにマチ子さんだけでなく、クラスの皆《みな》にも協力してもらったんですのよ。ていうか教えてないと、森野君のひどい態度とか、マチ子さんの空気読めてない言動とか見て、女子たちが文句言うかもしれませんし？」

「…………」

だが、りんごさんの話を聞いているうちに再起動を果たし、

「でも、これはもしかしたらいつか起こってたかもしれないことなので、このことを教訓にしてこれからはもっと素直に……」

「…………」

働き出した脳がりんごさんの言葉の意味を理解した瞬間《しゅんかん》、おおかみさんはへなへなと崩《くず》れ落ち、ぺたんと座り込んだ。どうやら張り詰《つ》めていた気とか勇気とかその他諸々《もろもろ》が、全部抜《ぬ》けてしまったようだ。

そんなおおかみさんにりんごさんは、あれぇ？　なんか予想してた反応と違《ちが》いますのよ？　とおそるおそる話しかける。

「……涼子ちゃん？」

予想通りなら、安堵《あんど》を隠《かく》しつつ真っ赤になって怒《おこ》って、こらーてめぇら!!　とかなってたはずなのだが、実際のおおかみさんは…………ぽろぽろと涙《なみだ》を流し始めた。

「オッオレがどんだけ、どんだけ…………う～～～～」

そんなおおかみさんの泣き声に、亮士くんは顔を上げるが、どうしていいものかわからずパ

ニックになる。

「えっあっりょっ涼子《りょうこ》さん?」

「うう~」

以前イニシャルGと遭遇《そうぐう》したときに、子供のように大泣きしたおおかみさんですが、これは普通《ふつう》に泣いてます。ガチ泣きです。

「えっと……涼子?」

「…………薬が効きすぎたか」

「……予想以上に森野《もりの》君に対する好感度が高かったんですのね」

あとはクラスメイトの無視も地味に効いてるんでしょう。実は、むちゃくちゃ寂《さび》しかったんでしょうね。

ですが、これは予想外。まさか泣くとは思わなかった黒幕二人と共犯者は顔を見合わせ……

「あーなんだ、亮士《りょうし》、あとは任せた」

「任せましたの」

「がんばってね、ダ~リン」

亮士くんに丸投げしてこの場から逃亡《とうぼう》しました。まさに外道《げどう》。

「えっそんな!! もとはといえ……」

そこまで言ったところで、亮士くんは口をつぐむ。いくら黒幕があの二人だとはいえ、半分脅迫《きょうはく》だったとはいえ、二人の企《たくら》みに乗ったのは確かなのだ。ここで誰《だれ》かのせいにするのは男らしくない。

「……涼子さん、すいませんでしたっス」

というわけで、亮士くんはおおかみさんに謝る。亮士くんもこの一週間、苦しかったのだ。寂しそうなおおかみさんを見るにつけ良心が痛むことたびたび。でも思いっきり脅《おど》されていたので見て見ぬふりをしていたのだ。なので、額をごりごりと床《ゆか》に押しつける。

「…………うう～」

だが、おおかみさんは一向に泣きやまない。

まずい、このままだと風邪《かぜ》ひくぞ……ということで亮士くんは土下座を解除《かいじょ》し立ち上がり、おおかみさんを助け起こした。

「えっあっ……身体《からだ》冷えるっスし立ち上がりましょうっス」

おおかみさんは泣きながら素直《すなお》に助け起こされる。あり得ません。

「…………ぐすっ」

「あっここにいたら風邪ひいちゃうっスし、入ってくださいっス」

昼間は涼《すず》しくなってきて心地《ここち》よい感じなのですが、夜は結構冷えるようになってきましたからねという大義名分のもとに、亮士くんはさりげなくおおかみさんを部屋に連れ込む。おおかみさんはいつもとは違《ちが》い、それに素直に従う。

亮士《りょうし》くんの部屋は、シングルベッドに机にちゃぶ台、テレビに小さい本棚《だな》と、まあ基本だよなという家具くらいしかない、普通《ふつう》な感じでした。言うなれば、エロゲとかギャルゲとかの主人公の部屋みたいな感じです。こんな所で主人公っぽさを発揮するより、普段の行動で主人公っぽさを出してくださいよ。

ですが、泣いてるおおかみさんは部屋をよく見ることもなく、無意識にというか、なにも考えずにベッドに腰《こし》かける。

ぐしぐしと袖《そで》で目をこすっているおおかみさん。

こんな泣いているおおかみさん相手にこう思うのは不謹慎《ふきんしん》なのかもしれませんが……亮士くんはおおかみさんのかわいさにくらくらしてます。

「………すん」

なにか間違《まちが》いが起きても不思議ではないシチュエーションではありますが、さすがに泣いているおおかみさんをどうこうしてしまうほど、亮士くんは外道《げどう》ではありません。泣いているおおかみさんは異常にかわいらしいですが、そんなことしたら完全に主人公失格どころか人として失格ですからね。

「えっと……」

「………」

亮士くんは間が持たず、ぐずるおおかみさんに話しかける。

「なっなんか飲むっスか？」

「……いらない」

「あっなにか涙《なみだ》を拭《ふ》くものを」

「……いらない」

「えーと、じゃあ……」

「うるせえ!!　いいから側《そば》にいろ！」

「はっはいっス!!」

その言葉に、亮士くんはびしっと直立不動になったあと、おそるおそるおおかみさんの隣《となり》に腰を下ろす。

「……うっ」

「………」

「……ぐすっ」

「………」

ぐずってるおおかみさんにかける言葉のなくなった亮士くんは、挙動不審《ふしん》にきょろきょろしたあと、おそるおそる手を伸《の》ばし……隣に座ったおおかみさんの手を握《にぎ》った。

「…………っ!!」

「うわっ、すいませんっス!!」

その手の感触《かんしょく》におおかみさんはビクッと反応し、亮士《りょうし》くんは思わず離《はな》してしまう。

……が、おおかみさんはなにも言わない。

いや、それどころか亮士くんのほうに顔を向けないまま、手を少しだけ亮士くんのほうに寄せた。

「…………」

「…………」

なんだなんだと亮士くんがその手を見ていると、おおかみさんは今度は手をにぎにぎした。

その開いたり閉じたりしている手を見て、亮士くんは考える。

これは……やっぱり……そういうことっスよね。

そう、おおかみさんがなんか知らないけど誘《さそ》っているのだ。手がお留守になってんだけどどうにかせいやこらーとか言ってきてるんですよ。

「……ごくっ」

亮士くんはつばを飲み込む。

こうやって手を握《にぎ》るのは、二度目ですよ。しかも今度は、おおかみさんから誘ってきてるのです。たまりません。

亮士くんは、そっぽを向いたままのおおかみさんの手をそっと握る。

またもや、おおかみさんはビクッとする。だが、それ以上の反応はなく、おおかみさんは亮士くんの手を振《ふ》り払《はら》いもせず、黙《だま》って手を握られ、そして……

「……すん」

その手は、逃《に》がさないとでもいうように、きゅっと握り返す。

「……っ⁉」

そんな予想外の反応に、亮士くんは大パニックだ。

おおかみさんと手を繋《つな》ぎ、横を見れば真っ赤に染まったおおかみさんの横顔が見える。しかも手を握ったら握り返してきた。ここは亮士くんにとって、確実に世界で一番天国に近い場所に違《ちが》いありません。人生の最高値も確実に更新《こうしん》中。もう、ここでかっこよく決めたら、おおかみさんは陥落《かんらく》するに違いありませんよ。

ですが、こんな状況《じょうきょう》は初めてで、気の利《き》いた台詞《せりふ》なんて出てこない亮士くんは、ただ黙っておおかみさんの手を握り、寄り添《そ》うようにして隣《となり》に座っています。ヘタレです。マジヘタレです。

そして、おおかみさんのしゃくり上げる声が聞こえなくなって少しして、おおかみさんが言った。

「……なあ亮士」

「なんっスか？」

「……………………悪かったな」

「……なにがっスか？」

「………今まで殴《なぐ》ったり……蹴《け》ったり」

そう言ってちらりと、おおかみさんは横目で亮士《りょうし》くんを見る。

うつむいたまま横を見たので、上目遣《うわめづか》いになってて、泣いてたので目が潤《うる》んでて……

「……ぐふぉ」

あ、亮士くんがあまりのおおかみさんの萌《も》えっぷりに、精神的ダメージを受けました。

「……？」

いやまあ、たしかに今のはすごかった。ごめんね？　嫌《きら》わないで？　とかいうおおかみさんの心の声が聞こえてくるようでしたからね。

「あ、いや、なんでもないっス。えっと、ごほん。いやいいんスよ。……嫌《いや》じゃなかったっスし」

亮士くん……とうとう開眼しちゃったんですか？　痛いのが気持ちよくなっちゃったんですか？

と思ったら、亮士くんの言葉には続きがありました。

「……………前、言われたんスよ。涼子《りょうこ》さんが殴ってくるのは気を許しているからだと」

「うぐっ」

それを自覚したばかりなので、真っ赤になりつつもおおかみさんは反論しない。

「そう考えたら、どんどん殴ってくださいっスって感じっスよ。ほら、好きな女の子を受け止められるくらいの甲斐性《かいしょう》は、男として持っておきたいっスし」

そこでニコッとか笑いやがった亮士くん。

今度はおおかみさんが、ポッと頬《ほほ》を染める。

これはあれですか？　一部の主人公たちが使えるニコポというやつですか？　主人公がニコッといい笑顔浮かべたら、なぜかヒロインがポッとなってしまうあれですか？

まったく、主人公補正とかやってられませんよね？　まったく……まったく!!

……まあ、そんな亮士くんのニコポスキル所持疑惑《ぎわく》はともかく、重要なのはポッとなったおおかみさんです。

真っ赤な顔で亮士くんの笑顔《えがお》に見とれたおおかみさん。しばらくして我に返りはしましたが、見とれた事実が恥《は》ずかしくて、黙《だま》り込み……黙り込んだら黙り込んだで、今度はこのラブコメ空気が恥ずかしくて、

「…………」

「…………」

「…………………………うぅ～!!」

「くはぁ」

おおかみさんの照れ隠《かく》しパンチが亮士くんに炸裂《さくれつ》しました。なんか色々限界だったらしいで

す。

でもまあ……これは亮士《りょうし》くんが悪いでしょう。恥《は》ずかしい言葉のあとに、ニコッといい笑《え》顔《がお》を向けられたら、そういうのに耐性《たいせい》のないおおかみさんがパニくって手を出しちゃっても仕方ありません。

それに、亮士くんは受け止める発言しちゃいましたからね。ちゃんと全部受け止めないと。

でもこれで、亮士くんが理不尽《りふじん》に殴《なぐ》られることはなくなる……ことはないでしょうが、ちょっとくらい減るに違《ちが》いありません。減らないにしてもちょっとだけ手加減されるに違いありません。

だって……嫌《きら》わないでとか、おおかみさんは言っちゃいましたしね。嫌われたくないおおかみさんが、嫌われそうな行動を取ることはないですよ。

「うーうーうー」

「ちょっ涼子《りょうこ》さん、まっ」

そんなわけでぽかぽかと、女の子殴りをするポッ状態のおおかみさん。端《はた》から見たらバカップルにしか見えません。

さっきのパンチも、いつもなら「ぐはぁ」とか言ってたはずなのに「くはぁ」でしたからね。濁点《だくてん》が取れてましたからね。デレるのも時間の問題ですよ。

まあ、というわけで、おおかみさんがまた少し素直《すなお》になった、ある秋の夜の出来事でした。

ぽかっ
「うー!!」
「ちょっ涼子さん、おちつい」
ぽかぽかぽかっ
「ううー!!」

翌日、教室では。

「……ほら、好きな女の子を受け止められるくらいの甲斐性《かいしょう》は、男として持っておきたいっスし」

「…………」

「…………」

「…………………………うぅ～!!」

ぽかっ
「くはあ～」

おおかみさんが教室に入るとそこでは、絶賛小芝居《しばい》上演中でした。ヒーロー役がマチ子さんで、ヒロイン役がりんごさんでした。

しかも、どこかで聞いたことのあるような台詞《せりふ》でした。

「…………………………………………………………………………………お前らなにしてやがる」

それを見て、おおかみさんは地獄《じごく》の底から響《ひび》いてくるような低い声を出す。

「いえ、皆《みな》さんにも協力してもらったんですから、結果はちゃんと報告しとかないと」

りんごさんはすまし顔でそう言う。

なにやら用があるとか言って、りんごさんはまたまたおおかみさんより早く家を出たんですが……これが理由だったらしいです。

あと、芝居《しばい》が詳細《しょうさい》すぎます。

「つーか、なんで!!」

それを知っている!?　と詰《つ》め寄るおおかみさんに、りんごさんはしれっと言った。

「いえ、森野《もりの》君の隣《となり》の部屋はマチ子さんの部屋なので」

……こいつら全部盗《ぬす》み聞いていたらしいです。たぶん、この二人だけでなく雪女《ゆきめ》さんも聞いてたんでしょうね。

ただ、壁《かべ》に耳を当てただけじゃここまで詳《くわ》しく聞けないとは思いますが………壁に当てると隣の部屋の音が聞ける壁マイクとか、りんごさんは持ってそうですよね。

「おっお前ら〜!!」

「きゃ〜涼子《りょうこ》が怒《おこ》った〜」

「きゃ〜ですの」

わざとらしい悲鳴を上げて逃《に》げ出すりんごさんとマチ子さんを、真っ赤な顔で追いかけるおおかみさん。そして、それをにやにや……じゃなかった微笑《ほほえ》ましそうに見守るクラスメイトの皆さん。

そんなおおかみさんの普通《ふつう》の日常。

一度なくしたと思っていたものが戻《もど》ってきたおおかみさんは、羞恥《しゅうち》と怒《いか》りで真っ赤になりつつも、どこか楽しそうです。

と、そのとき、もう一人の当事者が現れました。

昨日の出来事を脳内で反芻《はんすう》でもしていたのか、にやけまくりで顔のデッサンが狂《くる》っている亮《りょう》士《し》くんが、浮かれたままで教室のドアを開けたのです。

「おっはようっスー」

実に馬鹿面《ばかづら》下げてます。

マチ子さんとりんごさんは、

「あ、おはよー」

「ですのー」

そんな亮士くんの脇《わき》を通って廊下《ろうか》に脱出《だっしゅつ》する。

「え？　なんっス……」

「邪魔《じゃま》だっ!!」

そして、マチ子さんとりんごさんを追いかけてきたおおかみさんに、亮士《りようし》くんは邪魔《じやま》だと殴《なぐ》られる。

「くはぁ」

……いや、おおかみさん。ここは通り過ぎようとしたら亮士くんだということに気がつき、立ち止まる。でもって、亮士くんと一度顔を見合わせて、そのあとそっぽを向き、ぎこちなく「おっおはよ……」とかいう場面でしょうよ。

そこでなんで、りんごさんたちを追っかけることを優先するんですか。ラブコメのお約束わかってますか？

でもまあ、こういうのがおおかみさんの普通《ふつう》の日常なのかもしれませんけどね。

「…………ってて、あ！　涼子《りようこ》さんおはようっス……いない」

あと、このように相変わらず扱《あつか》いが悪い亮士くんですが……殴られたときの擬音《ぎおん》が『ぽかっ』だったことはここに記しておきましょう。

めでたしめでたし

おまけ

本編で語られなかった、いかにして亮士くんが脅迫《きようはく》されたのかを書いておきます。

夜、自分の部屋で一人ベッドにごろんと横になり、くつろいでいた亮士くんのもとに、お客さんが訪ねてきました。

鍵《かぎ》がかかっていたにもかかわらずいきなりドアを開け、ずかずかと入り込んできた二人の人物にパニックになる亮士くん。

「なんっスか!?　なんなんっスか!?」

まあ、ごろごろしてるところにいきなり、鍵を無視して部屋に入り込まれたらそうなりますよね。

立ち上がる時間すらなく、亮士くんはベッドの上で身体《からだ》を起こした状態で、二人に見下ろされる。

「というわけで、明日からしばらく涼子に対して冷たい態度をとれ」

「あとついでに、マチ子さんといちゃついてくださいですの」

相手はもちろん雪女《ゆきめ》さんとりんごさんでした。まあ、こんなことをする人間がそうたくさんいても困りますよね。

「なにが、『というわけで』なんスか……」

ため息混じりというかなにかをあきらめた表情で、亮士くんはそう言う。

開口一番、『というわけで』と言われても、超能力者でもない限り理解できませんよ。

「ていうか、せめてノックぐらいしてくださいっス。鍵を勝手に開けて入ってくるのはもうあきらめたっスから……」

雪女《ゆきめ》さんは、大家ですから合《あ》い鍵《かぎ》を持っているのです。

そんなこんなで、雪女さんとりんごさんから『おおかみさんをショック療法《りょうほう》で素直《すなお》にさせちゃおうぜ計画』を亮士《りょうし》くんは聞かされる。

それを聞き終えた亮士くんは浮かない顔で言う。

「話はわかったっス。でも、やっぱり騙《だま》すというのは……」

「時には心を鬼《おに》にすることも必要なんですのよ」

「そうだ。獅子《しし》は我が子を千尋《せんじん》の谷に落とすというしな」

なんかいいこと言ってますが、どうしても、愛情半分おもしろ半分って感じにしか聞こえません。

「…………でも、やっぱりおれには涼子さんを騙すなんてでき……」

「これ、なにかわかるか？」

渋《しぶ》る亮士くんに向け、雪女さんが取り出したのは一枚の紙だった。

「そっそれは!!」

それを見た瞬間《しゅんかん》間亮士くんの顔色が変わる。

亮士くんはそれを奪《うば》おうとするが避《さ》けられ、その紙はりんごさんの手元に収まる。

「えーとなになにですの。……ぼくはゆきめおねえちゃんがだいすきなのでおよめさんになってください、もりのりょうし」

その紙の正体は、お絵かき帳っぽい白い紙にクレヨンで書かれた、ラブレターでした。

「ぎゃ〰〰〰!!」

亮士くんは叫《さけ》ぶ。

取り返そうとりんごさんに飛びかかろうとし……雪女さんに足を引っかけられて転びました。

「がっ!?」

ちゃぶ台で弁慶《べんけい》の泣き所を打ったらしく、亮士くんはのたうち回る。そんな哀《あわ》れな亮士くんを横目に、りんごさんはにやにやしまくる。

「うぷぷ、かわいらしいですの」

「だろ？　あの頃《ころ》の亮士はかわいかったなぁ」

にやつくりんごさんと、うんうんうなずいている雪女さん。そんな二人に、ようやく痛みから解放されたらしい亮士くんは倒《たお》れたまま、ぐちぐちと愚痴《ぐち》る。

「……そりゃ同年代どころか年頃の女の子がいないときに、雪女さんが来て面倒《めんどう》見てくれたら淡《あわ》い想《おも》いを抱《いだ》いても仕方ないっスよ。幼稚園《ようちえん》児が保母さんに好きだと言うようなもんっス。結《けっ》婚《こん》とかもよくわかってなくて、お嫁《よめ》さんになってくれたらいつも一緒《いっしょ》にいてくれると聞いたから、ただそれだけで書いただけなんスよ……でもそんな無垢《むく》な想いを雪女さんは……」

雪女さんは若い頃、すごくきれいでしたからね……いや、もちろん今でもおきれいですが。

「雪女《ゆきめ》さんが、どうしたんですの？」

「皆《みな》に見せびらかしまくったんスよ。おかげでいろんな所で笑われまくって、おれの淡《あわ》い想《おも》いはちゃんとした恋に昇格《しょうかく》する前に木《こ》っ端《ぱ》みじんになったんスよ。トラウマっスよ、トラウマ」

「うわあ、それはひどいですの～」

と、りんごさんが言ってますが、顔と言葉が一致《いっち》してません。りんごさん、あなたはなんでそんなにうれしそうなんですか。

「まあ、そのときにゃあもう若人《わかと》がいたからな。叶《かな》うことのない恋に苦しまないようにという、叔母《おば》の愛情だろうが」

「もっとなんか、方法考えて欲しかったっス。ほら、親戚《しんせき》の優《やさ》しいお姉さんという感じでいい思い出になりそうな……」

「めんどくさい」

「…………」

亮士《りょうし》くんの想いは、めんどくさいの一言でばっさり切られました。めんどくささ＞亮士くんのトラウマだったらしいです。

「つーかあたしはお前のおしめを替《か》えたこともあるんだぞ？　ナニどころか、尻《しり》の穴まで見たことあるんだぞ？　恋愛対象になるか。お前知らないだろ、自分の尻の穴と玉との間にほくろがあるの」

「知るわけないじゃないっスか……もうほんと勘弁《かんべん》してくださいっス」

なんか亮士くん泣きそうです。でもまあ、自分の子供の頃《ころ》を知っている相手には、敵《かな》いませんよね。

「あとは……引っぱったしな」

「引っぱったんですの？」

「ああ、引っぱった」

なにを引っぱったかは言わない雪女さんですが、まあ、引っぱるといったらあれですよね。

「その頃はあたしも思春期まっただ中だったしな。普通《ふつう》引っぱるだろ」

「まあ……引っぱりますのよね」

あと、りんごさんも同意するのはやめときましょうよ。

引っぱる引っぱると書いてたら、なんか引っぱるがゲシュタルト崩壊《ほうかい》してきましたが、まあそれは置いておいて。

「しくしくしくしく」

……亮士くんがとうとう泣き出しました。

というわけで、雪女さんに逆らえない亮士くんは、二人の悪巧《わるだく》みに乗ることになったのでした。

ある日の亮士《りょうし》くんとおかし荘《そう》の住人＋α《アルファ》の夜

「「「「「「「「いただきます」」」」」」」」

また今夜も雪女《ゆきめ》さん家《ち》のダイニングルームというか食堂に、そんな声が響《ひび》いた。

「おい、涼子《りょうこ》しっかり食えよ!!」

「……はい」

雪女さんが声をかけたのはおおかみさん。

今日は、おかし荘の住人に加えて、おおかみさんとりんごさんがいるのです。

ただ……おおかみさんのお目々が真っ赤です。

しかも、ぶすっと不機嫌《ふきげん》そうにしてます。

時系列的に、今はどっきりに思いっきり引っかかったおおかみさんが、安心して大泣きしたあとなんですよね。そりゃ意地っ張りなおおかみさんはこうなりますよ。

で、おおかみさんがこんな感じになってるのは予想がついていたので、雪女さんはどうにかなだめようと食事に招待したわけです。

雪女さんは空気を読んで、おおかみさんが亮士くんをポカポカしたあと、少ししてから連絡《れんらく》するようにしました。なので、少し遅《おそ》めの夕食になってしまいました。でも、文句は出ません。皆《みな》さん、すごくお腹が空《す》いてるみたいですけど、文句は一言も出ません。ここでは雪女さんが法なのです。

ちなみに、今日のおかずはハンバーグ。

おおかみさんはおおかみさんなだけあってお肉が好きなんですが、こんなもんで懐柔《かいじゅう》されるほど単純じゃ……

「あ……おいしい」

……単純でしたね。

なんかものすごくおいしかったらしく、おおかみさんの顔に笑《え》みが浮かぶ。

「泣いたカラスがもう笑ったな」

雪女さんに笑いながらそう言われたおおかみさんは、ハッと我に返り頬《ほほ》を染めた。

「いや、悪かったと思ってるんだよ。まさかあんなに泣くとは……というわけで、涼子の好物をだな……」

「雪女さん!!　もういいですから、話変えましょう話!!」

泣いたことをつつかれるのが恥《は》ずかしいおおかみさんは、顔を真っ赤にして話を変えようとする。ちなみにおおかみさんは、雪女さんが相手のときは丁寧《ていねい》な敬語です。

「それにしてもおいしいですのね、このハンバーグ。切ったら肉汁《にくじゅう》がじゅわっと出ますし」

と、そこでりんごさんが話を変えました。また泣かれたり不機嫌《ふきげん》になられたりしても困りますし、なによりりんごさんもやっぱりやりすぎたかなとか思ってるんでしょう。

「そりゃ涼子《りょうこ》ちゃんも、ものすごくかわいい笑顔《えがお》を浮かべちゃいますのよ～」

「りんごっ!!」

……気のせいでした。おおかみさんをいじれるときは、ハイエナのようなしつこさで骨の髄《ずい》までいじり尽《つ》くす。さすがはりんごさんです。

「いやははは、まあまあ、涼子さん落ち着いて……」

亮士《りょうし》くんはおおかみさんといちゃつけたからか、顔がにやけ気味でむかつくんでスルーして次の住人にいきます。

「うん、でもこれは本当においしいよ。ねえグレーテル?」

「はい！　おいしいですよね、お兄様っ!!　…………ここを出る前に、この味を盗《ぬす》んでおかないといけません」

「それはよかった。あと、レシピが欲しかったらいつでも言ってよ。教えてあげるから」

いつも通りのヘンゼルさんとグレーテルさんに、若人《わかと》さんはいつもの笑顔を浮かべる。若人さんは相変わらず、地上最強の村人Aとか呼ばれていた面影《おもかげ》がかけらもありません。

「あ、雪女《ゆきめ》さん。今思ったんスけど、おかし荘《そう》って年齢《ねんれい》制限とかあるんスか?　何歳までに出ていけとか」

グレーテルさんの『ここを出る前に』という言葉を聞いて、疑問に思ったらしい亮士くんがそんなことを聞いた。

「そうだな……社会人になれば自立しろと追い出すだろうが、それ以外は特にないな。だからいたいなら好きにいろ。ただ、全部の部屋が埋《う》まっている状態で、こいつおもしろいというやつが来たら、歳《とし》が上のやつから出てってもらうことになるだろうな」

「なるほど。……でも、そうですね。雪女さんが入れるとなったら、また色々と抱《かか》えているんでしょうから、自活できる年齢なら出ていかないと。……うーん、ここもいいけど、なみちゃんと二人暮らしもいいなぁ」

「ここ、居心地《いごこち》がいいもんね……誰《だれ》かいい男がウチを養ってくれるなら、今すぐにでも出ていくけど!!　つーか、真昼《まひる》あんた、女同士とか不毛よ不毛!!」

「あら、マチ子さん。そんなことないですよ？　なんでしたら、女同士のすばらしさを今度教えて……」

「ウッウチは遠慮《えんりょ》しておくわ」

正体を現した白鳥《しらとり》さんと、マチ子さんはそこそこ仲良くしてるみたいです。まあマチ子さんは女性ですからね。

「コレ、すごくおいしいヨー」

ちなみに、魔女《まじょ》さんは相変わらずです。一時的にというはずだったのに、居着いてるんですが、いったいいつまでいるつもりなのか。

まあそんなこんなで、いつにも増してにぎやかで楽しい、おかし荘《そう》の食卓《しょくたく》。

そんな愉快《ゆかい》で幸せな光景を笑顔で見ながら、雪女《ゆきめ》さんが言った。

「それはそうと、めでたい知らせがある」

その声にぴたっと箸《はし》を止め、皆《みな》さんは聞くモードになる。そんな皆さんを見回してから雪女さんは言った。

「ガキができた」

「「「「「「おお～」」」」」」

驚《おどろ》きの声を上げたあと、口々におめでとうと言う皆さん。

「それは……よかったっス。おめでとうございますっス。本当におめでとうございますっス!!」

特に亮士《りょうし》くんは心の底からおめでとうと言っています。まあ、これでしばらくは子作りに巻き込まれてひどいことになることはないですからね。ほかの男性住人、ヘンゼルさんもどことなくほっとしているように感じますが、これも気のせいではないでしょう。

「いやいや、さすが若人《わかと》だな。一回目でしっかり当てやがった」

スナイパー若人さんとでも呼びましょうか。

「ふっ」

若人さんは、死地を脱した余裕《よゆう》からか、どことなく威厳《いげん》が増したような気がします。

「さーて、男が来るか女が来るか。男がうまいと男が生まれて、男が下手だと女が生まれると言うが……本当なのか」

「本当だとしたら、雪女さん的にはどっちだと思うんですの？」

そのりんごさんの問いに、雪女さんはにやっと笑って言った。

「男かな」

「「「「「「おお～」」」」」」

皆さんが尊敬の目で若人さんを見る。

なんか、しょうもないことで若人さんの株が上がりまくりです。

そして、そんな話題に、初心《うぶ》なおおかみさんはまた顔を赤らめつつ、食事に集中……してるふり。おおかみさんも思春期ですからね。

ですが、わかりやすすぎます。ほらハイエナりんごさんにもう嗅《か》ぎつけられましたよ？

「ちなみに、皆さん。涼子《りょうこ》ちゃんの耳が、どんどん赤くなっていってることにはお気づきですの？」

「うっうるせー!!」

あ、おおかみさんが恥《は》ずかしさのあまり暴れ出しました。

「涼子《りょうこ》さん落ち着いてくださいっス!! ……くはぁ」

巻《ま》き添《ぞ》えを食らって亮士《りょうし》くんが殴《なぐ》られますが、やっぱりポカです。

わいわいと、さらにいつにも増してにぎやかな食卓《しょくたく》。しかも、十月十日《とつきとおか》後にはまたこのおかしな家の住人が増えそうで、もっとにぎやかになるのでしょう。

雪女《ゆきおんな》と村人が一緒《いっしょ》に暮らし、白鳥《はくちょう》があひると仲良くし、ヘンゼルとグレーテルが相変わらず引きこもって、変な魔女《まじょ》が住み、マッチ売りの少女が幸せを探し、猟師《りょうし》がヘタれ、オオカミと赤ずきんが遊びに来る。

そんなおかしなおかしなおかしの家の夜は、こうして更《ふ》けていくのです。

おしまい

あとがき

どうもお久しぶりです。沖田《おきた》です。四ヶ月で出ました。褒《ほ》めてください…………私以外を。

それはそうと、オオカミさんシリーズがアニメ化されるらしいです。とりあえず初めて話が来たときに正気ですかとか言ってしまいましたが、多分事実です。打ち合わせに行ってますし、この本の帯にも書いてあるはずですし、現実に起こっている出来事だと思われます。

いや、これも皆さんの温かいご支援《しえん》のおかげです。本当に、本当にありがとうございます。

さあ、それではいつもの解説にいきましょうか!!

……いや、相変わらず、愚痴《ぐち》と言い訳と謝罪しか書くことがないんですよ。自分が適当に考えた設定のせいで、アニメスタッフの皆様《みなさま》が困ってるという話とか、書けるわけないじゃないですか。…………すいません。というわけで各話の解説のようなものです。ネタバレあります。

【みにくいあひるの子〜かなり前から名前は出ていた白鳥真昼《しらとりまひる》さんの話】

白鳥真昼さんは、裸《はだか》の王様の木崎《きざき》さんとキャラが思いっきりかぶってるんですが、そもそも裸の王様のお話は、まんますぎてひねりがないと没《ぼっ》にした、みにくいあひるの子のプロットを流用したものなんですよね。だから似てるんですが……まあ、終わりが違《ちが》うのでいいかなと。

……いいですよね？

個人的には白鳥《はくちょう》とあひるでハッピーエンドという終わりは、結構気に入ってたりします。あひるより白鳥がきれいとか、人間が勝手に決めたことだよなーとかそういう感じでしょうか。

そういえば、白鳥《しらとり》さんはオオカミさんシリーズに登場する女性キャラの中で一番美人という設定があったりします。ちなみに点数で表すなら白鳥さんが百点、りんごさんが九十台後半で今のヤンキーおおかみさんが九十台前半みたいな感じ？　おおかみさんはやっぱり、内面とのギャップで魅《み》せたいというのがあって、美人度はそこまで高くなくそこそこの美少女という設定です。なので目つきが悪いを連発してるんですよね。ヤンキーなせいで損をしているわけです。まあこれも例によって私が勝手にそう思ってるだけなので、気に入らなかったら見なかったことにしてくださって結構です。

【亮士《りょうし》くんがラッキースケベな目に遭《あ》う話】

すいません。と謝ることしかできないお話。シモネタ多すぎです。でも……シモネタ大好きなんです。女の子の読者がいるので自重しろと担当さんに言われてるんですが、思いついちゃったんだから仕方ないというか、展開上必要だったというか、ギラギラな亮士くんがおおかみさんを選ぶからこそ、前の話がより重みを増すというか……まあ全部言い訳なんですが。

いや、男の子はみんなシモネタ大好きですよね!!　……今後は一応自重します。たぶん。

それはそうと、亮士くんが巻き込まれた雪女《ゆきめ》さんの子作りは、赤ちゃんの世話を任され右往《うおう》左往《さおう》するおおかみさんなんておもしろそうだな、お約束ですが胸がなくて泣かれたり……とか考えてて、雪女さんの過去話の終わりでちょこっと匂《にお》わしてたんですが、どう考えても生まれるのは本編後になってしまうんですよね……困ったもんです。これは後日談をやるしかないか？

……できるのか？　ちなみに男の子が生まれて雪女さんの息子《むすこ》だからゆきお君になる予定だったんですが、なんかその名前にネガティブなイメージがつきそうな気がそこはかとなくするので、変えるかもしれません。

【ヘンゼルさんとグレーテルさんWITH魔女《まじょ》さん～一人じゃ生きられないヘンゼルとグレーテル兄妹《きょうだい》と、一人でも大丈夫《だいじょうぶ》な魔女さんの話】

ヘンゼルさんとグレーテルさんの兄妹は、最初からこんな感じで考えてました。人間関係引きこもりの兄妹です。

そもそも元の童話の、厄介払《やっかいばら》いされたのに、宝物を持って帰ったら受け入れられるとか、ハッピーじゃないよなと思うんですよね。金がなくなったらまた捨てられそうですし。かといって魔女を倒《たお》したあと、お菓子《かし》の家に引きこもり続けるのもまずいかなーと。

そもそも捨てられた時点で完全ハッピーエンドはない気がするので、ならどんなのがハッピーっぽいかを考えたら、大人になるまでお菓子《かし》の家にしばらく引きこもり、生きていく力を色々蓄《たくわ》え、そのあと外に出て二人で支え合い生きていく……これかなと。

ただグレーテルさんを病《や》ませすぎましたので、本当に人間関係引きこもり状態から脱出《だっしゅつ》できるのか……まあ、そのへんのことは彼らのがんばりに任せましょう。（要するに考えてない）

あと、お菓子の家には魔女《まじょ》だろということで、おかし荘《そう》にやってきた魔女さん。魔女さんの話はなんとここまで延びてしまいました。スピンオフ合わせたら十冊目ですよ。しかもメインではない気が……まあいいか。魔女は基本脇役《わきやく》ですよね。

魔女さんの名前は、なんか名前のある魔女いないかなー↓アーサー王の魔女がいた↓ならこれでと適当に決めました。マジョーリカも響《ひび》きだけで適当に。本文では魔女さんと書くつもりでしたしね。設定もだいたいこんな感じで～と適当に。天才であること、異端《いたん》ゆえに魔女であることは最初からちゃんと決めてたんですけどね。でも色々適当すぎてヘンゼルとグレーテルと絡《から》めようとしたら話がまとまらずに、ずるずるとここまで延びてしまいました。魔女さんを書いて得た教訓としては、適当な設定でキャラを出すと苦労するということ……当たり前ですね。

日本語しか話せないのはやりすぎかと思いましたが、このほうがより異端さが際立《きわだ》つかなと。まあ、自分の興味があることを知るために必要だったら、すぐに日本語以外でも覚えちゃうんでしょうということにしといてください。

最後のネタバレは……書くかどうか迷ったんですが、書いてみたら思いの外しっくりきたので載《の》せました。あのお姉さんな魔女さんが今後出ることは……あるのか？

それはそうと、冒頭《ぼうとう》の魔女さんはいったいどんな実験をしてたんでしょうかね。いや、私としては、アフロで風呂敷《ふろしき》がやりたかっただけなんですよね。爆発《ばくはつ》アフロはマッドなキャラのお約束ですし。しかし、実際にあれだけのことをやらかしたら大事になりそうですが……学園長が権力でどうにかしたとか、ギャグ補正が働いたとか、物語の世界だからオーケーとか、適当に理由をつけて自分の中で納得《なっとく》させていただければと。……すいません。


【雪の女王～おおかみさんを泣かせようと考えた話】

ツンデレはツンの理由をちゃんと作らないと、ただの気の触《ふ》れた方というか情緒《じょうちょ》が不安定な方になってしまうと思うので、おおかみさんには素直《すなお》になれない理由を色々つけています。ですが、暴力キャラもコメディとはいえ理不尽《りふじん》に殴《なぐ》り続けると嫌《いや》なキャラになってしまう気がするので、反省する話が必要というか自分の暴力を省《かえり》みる話が欲しかったわけです。というわけでこの話。おおかみさんが雪の女王のせいで変わった亮士《りょうし》くんに避《さ》けられ泣きました。

結構思った通りに泣かせることができたんでよかったなという感じです。バカップルができましたし。とはいえ、おおかみさんは今後も亮士くんを殴るんですが。いやだって、そのほうがおもしろいし、そうしないと話にならないし。でも、威力《いりょく》が大分減ってるはずですし、いいですよね。

それにしても、この巻は暗い話が多かった気がします。家庭崩壊《ほうかい》しすぎですし。相変わらずろくな大人の出てこないオオカミさんシリーズです。

魔女《まじょ》さん、ヘンゼルさんとグレーテルさん、白鳥《しらとり》さんの話、そしておおかみさんを泣かす。と、これで考えていたこと、やらないといけないことはすべてやったので、ぶっちゃけもういつでもオオカミさんシリーズは終われます。前のあとがきに書いたように全十巻の予定でしたしね。

ですが、帯の通りアニメ化なんていうあり得ないことになったので、もうほんの少しだけ続けることができるようになったわけです。これもひとえに読者の皆様《みなさま》のおかげです。

やるべきことは終わり、でももう少しだけ書ける、なんてことになったので、今後の予定としては、あと二冊ほど好き勝手書きたいことを書いて、その次の巻で終わりという予定です。

……好きに書けるとか、なんて贅沢《ぜいたく》なんでしょう。一応、展開上必要ないし、なにより入らないしという理由ではじいた話があるので、それらを書いていこうとは思っています。ちなみに今は、前のあとがきで書いた、宇佐見《うさみ》さんと田貫《たぬき》さんのお話を書いてたりしますが、今のところおおかみさんが一行たりとも出てきてません。こんなの余裕《よゆう》がないとオオカミさんシリーズに載《の》せられないですよね。

それではお世話になった皆様への感謝を。

担当の高林《たかばやし》さん、粂田《くめた》さん。また今回もご迷惑《めいわく》をおかけしました。アニメ化とか、自分一人では間違《まちが》いなくここまで来れませんでした。これからも、どうぞよろしくお願いします。

イラストのうなじさん。うなじさんの絵がなかったら、絶対にアニメ化なんてことにはなってません。本当に、ありがとうございます。この巻のイラストも楽しみにしています！

この本が出るにあたってご尽力《じんりょく》をくださった皆様、ありがとうございます。おかげさまでまたまた本を出すことができました。次もよろしくお願いします。

そしてこの本を読んでくださった皆様、本当にありがとうございます。皆様のおかげで、続いてきたオオカミさんシリーズも終わりが見えてきましたが、最後まで楽しんでいただけるようがんばりますので、今後もよろしくお願いします。

それではまた次の巻でお会いできたらと思います。

沖田《おきた》 雅《まさし》

おおかみさんと亮士くんのお話は
まだまだこれから
To be continued.……

◉沖田　雅著作リスト

「先輩とぼく」（電撃文庫）
「先輩とぼく2」（同）
「先輩とぼく3」（同）
「先輩とぼく4」（同）
「先輩とぼく5」（同）
「先輩とぼく0」（同）
「オオカミさんと七人の仲間たち」（同）
「オオカミさんとおつう先輩の恩返し」（同）
「オオカミさんと〝傘〟地蔵さんの恋」（同）
「オオカミさんとマッチ売りじゃないけど不幸な少女」（同）
「オオカミさんと毒りんごが効かない白雪姫」（同）
「オオカミさんと長ブーツを履いたアニキな猫」（同）
「オオカミさんと洗濯中の天女の羽衣」（同）
「オオカミさんととっても乙女な分福茶釜」（同）
「オオカミさんとスピンオフ　地蔵さんとちょっと変わった日本恋話」（同）

本書に対するご意見、ご感想をお寄せください。

■

あて先

〒160-8326 東京都新宿区西新宿4-34-7
アスキー・メディアワークス電撃文庫編集部
「沖田 雅先生」係
「うなじ先生」係

■

電撃文庫

オオカミさんとおかしな家《いえ》の住人《じゅうにん》たち

沖田《おきた》 雅《まさし》

発行　二〇一〇年一月十日　初版発行

発行者　高野 潔

発行所　株式会社アスキー・メディアワークス
〒一六〇-八三二六 東京都新宿区西新宿四-三十四-七
電話〇三-六八六六-七三一一（編集）

発売元　株式会社角川グループパブリッシング
〒一〇二-八一七七 東京都千代田区富士見二-十三-三
電話〇三-三二三八-八六〇五（営業）

装丁者　荻窪裕司（META＋MANIERA）

印刷・製本　旭印刷株式会社

ISBN978-4-04-868279-4 C0193

電撃文庫創刊に際して

文庫は、我が国にとどまらず、世界の書籍の流れのなかで〝小さな巨人〟としての地位を築いてきた。古今東西の名著を、廉価で手に入りやすい形で提供してきたからこそ、人は文庫を自分の師として、また青春の想い出として、語りついできたのである。

その源を、文化的にはドイツのレクラム文庫に求めるにせよ、規模の上でイギリスのペンギンブックスに求めるにせよ、いま文庫は知識人の層の多様化に従って、ますますその意義を大きくしていると言ってよい。

文庫出版の意味するものは、激動の現代のみならず将来にわたって、大きくなることはあっても、小さくなることはないだろう。

「電撃文庫」は、そのように多様化した対象に応え、歴史に耐えうる作品を収録するのはもちろん、新しい世紀を迎えるにあたって、既成の枠をこえる新鮮で強烈なアイ・オープナーたりたい。

その特異さ故に、この存在は、かつて文庫がはじめて出版世界に登場したときと、同じ戸惑いを読書人に与えるかもしれない。

しかし、〈Changing Times,Changing Publishing〉時代は変わって、出版も変わる。時を重ねるなかで、精神の糧として、心の一隅を占めるものとして、次なる文化の担い手の若者たちに確かな評価を得られると信じて、ここに「電撃文庫」を出版する。

1993年6月10日
角川歴彦

電撃文庫

オオカミさんと七人の仲間たち
沖田 雅
イラスト／うなじ
ISBN4-8402-3524-4

大神涼子、高校一年生。子供も怖がる凛々しい目。笑うと覗く魅惑的な犬歯。ワイルドな美人が世直しのために戦う、熱血人情ラブコメその他色々風味な物語。

お-8-7 1309

オオカミさんとおつう先輩の恩返し
沖田 雅
イラスト／うなじ
ISBN4-8402-3643-7

御伽学園のご奉仕大好きメイドさんこと、おつうさん。彼女のご奉仕の対象とされてしまった対人恐怖症の亮士くんの運命は!? 大事件連発の熱血ラブコメ第2弾が登場。

お-8-8 1364

オオカミさんと〝傘〟地蔵さんの恋
沖田 雅
イラスト／うなじ
ISBN978-4-8402-3806-9

凛々しい優等生、地蔵さん。恋する彼女の恥ずかしい秘密を見てしまったおおかみさんは一肌脱ぐ事になり!? 今回もどうしよーもない事件がフルスロットル！

お-8-9 1416

オオカミさんとマッチ売りじゃないけど不幸な少女
沖田 雅
イラスト／うなじ
ISBN978-4-8402-4024-6

貧困にもめげない熱血勤労少女のマチ子さん。そんな彼女が金持ちと勘違いした亮士くんに猛アタック！ おおかみさんの乙女心も刺激され三角関係の行方は!?

お-8-10 1499

オオカミさんと毒りんごが効かない白雪姫
沖田 雅
イラスト／うなじ
ISBN978-4-8402-4160-1

衝撃！ りんごさんには実はお姉さんがいた。ミス御伽学園の超美少女、その名も白雪さん。だが二人の間には深い溝があり……。今回は泣かせます（本当に!?）

お-8-11 1556

電撃文庫

オオカミさんと長ブーツを履いたアニキな猫
沖田 雅
イラスト／うなじ
ISBN978-4-04-867134-7

美少年なアニキ猫さんが亮士くんの悩みを解決!? 亮士くんを漢にするために二人は変な修行を始める。そんな時、アホな二人をよそに御伽銀行がピンチになり!?

お-8-12 1621

オオカミさんと洗濯中の天女の羽衣
沖田 雅
イラスト／うなじ
ISBN978-4-04-867464-5

おおかみさんと亮士くんがホテルで二人きり。ないない、あるわけない……事が起こってしまう。いかにもラブコメな展開を期待したいところだが、果たして!?

お-8-13 1707

オオカミさんとっても乙女な分福茶釜
沖田 雅
イラスト／うなじ
ISBN978-4-04-867822-3

訳ありのゴージャス美人、田貫さんが恋したのはノーマル少年和尚さん。二人をくっつけるという、かな〜り難しい依頼に御伽銀行が暗躍することになり!?

お-8-14 1771

オオカミさんとおかしな家の住人たち
沖田 雅
イラスト／うなじ
ISBN978-4-04-868279-4

地味ぃ〜な女の子、白鳥さんは実は超美少女さん。男嫌いが理由で本当の自分を隠しているらしい。御伽銀行の面々は彼女のためにアホな作戦を立てるのだが!?

お-8-16 1884

オオカミさんとスピンオフ 地蔵さんとちょっと変わった日本恋話
沖田 雅
イラスト／うなじ
ISBN978-4-04-868015-8

超真面目少女の地蔵さん。見た目おっさんの花咲さん。シリーズ中、隠れた人気を誇る変なカップルの変な日常がむずがゆくなるラブストーリーになって登場!!

お-8-15 1825